eye.

守望者

——

到灯塔去

毁 弃

林恩·诺蒂奇剧作集

〔美〕林恩·诺蒂奇 著
韦哲宇 译

Lynn Nottage

Ruined & Sweat:
Two Plays

南京大学出版社

Sweat; Ruined
© by Lynn Nottage

Simplified Chinese Edition Copyright © 2024 by NJUP

江苏省版权局著作权合同登记　图字：10-2020-297号

图书在版编目(CIP)数据

毁弃：林恩·诺蒂奇剧作集／(美)林恩·诺蒂奇著；韦哲宇译．—南京：南京大学出版社，2024.8
　书名原文：Ruined, Sweat
　ISBN 978-7-305-27714-6

Ⅰ．①毁… Ⅱ．①林… ②韦… Ⅲ．①剧本－作品集－美国－现代　Ⅳ．①I712.35

中国国家版本馆 CIP 数据核字(2024)第 032819 号

出版发行　南京大学出版社
社　　址　南京市汉口路 22 号　　邮　编　210093
　　　　　HUIQI: LIN'EN NUODIQI JUZUOJI
书　　名　毁弃：林恩·诺蒂奇剧作集
著　　者　[美]林恩·诺蒂奇
译　　者　韦哲宇
责任编辑　付　裕

照　　排　南京紫藤制版印务中心
印　　刷　南京爱德印刷有限公司
开　　本　787 mm×550 mm　1/32　印张 8.375　字数 160 千
版　　次　2024 年 8 月第 1 版　2024 年 8 月第 1 次印刷
ISBN　978-7-305-27714-6
定　　价　56.00 元

网　　址：http://www.njupco.com
官方微博：http://weibo.com/njupco
官方微信：njupress
销售咨询：(025)83594756

＊ 版权所有，侵权必究
＊ 凡购买南大版图书，如有印装质量问题，请与所购
　图书销售部门联系调换

目 录

导 言

林恩·诺蒂奇：说出当下美国需要听到的故事

001

毁 弃

001

血 汗

121

导 言

林恩·诺蒂奇：说出当下美国需要听到的故事

韦哲宇

"第一，我代表女性；第二，我代表有色人种剧作家。"2017年林恩·诺蒂奇在领取她的第二个普利策戏剧奖时如此陈词。诺蒂奇这么说，既有骄傲也有示威。毕竟两获此项美国戏剧最高荣誉的少数族裔作家，除了她，也只有以《藩篱》(*Fences*)和《钢琴课》(*The Piano Lesson*)问鼎的奥古斯特·威尔逊（August Wilson）。而1917年普利策奖创立至今两次获奖的女性剧作家，诺蒂奇独此一家。诺蒂奇的创作如同她的人一样，敏锐、诚实、饱含同情。她不留情面地挖掘社会弊病，悉心体察普通人的苦痛，用动人的故事让观众身临其境地感受残酷的现实，听见被遗忘的社会群体的声音。

诺蒂奇出生于1964年，母亲是教师，父亲是儿童心理学家。她青少年时期在纽约度过，受到了良好的教育。她高中就读于一所以艺术教育闻名的公立高中，1986年在布朗大学获得了学士学位，1989年在耶鲁大学戏剧学院取得了艺术硕士学位。她受父母影响，自幼对艺术和社会运动感兴趣，在高中就开始了剧本创作。她在作品中着力发现在重要历史时刻普通民众遭遇的困境和面临的抉择，并用自己精湛的叙事技巧加以展现，她笔下的故事扣人心弦而又引人深思，体现出当代美国知识分子的人文关怀和不随波逐流的坚韧立场。

对于诺蒂奇来说，讲述非洲裔女性群体的故事几乎成了她的作家天职。美国社会复杂深重的种族问题是她源源不绝的创作源泉，她在作品中聚焦重要历史时期美国非洲裔群体遭遇的歧视、隔离、社会制度和自我认同问题，特别是非洲裔女性在其中遭受的宗教、社会、家庭的多重压迫。经过系统训练的诺蒂奇善于借助经典的戏剧结构进行叙事，用她自己的话说，她的剧本"是在一个橙色的厨房里诞生的，一群女人围坐在一个新潮的防水厨房台面旁"，其思想内涵却远远超越单纯讲究煽情和剧情的"厨房水槽剧"（kitchen sink drama），而是展开严肃的社会问题讨论。她首部重要作品《欢乐餐桌落下的面包屑》（*Crumbs from the Table of Joy*，1995）就展现了二十世纪五十年代美国民权运动初兴的背景下，一个单亲家庭中黑人父女的代沟与纠葛。而在《贴身衣物》（*Intimate Apparel*，2003）中，诺蒂奇则在自己曾祖母的身世上取材，描绘了二十世纪初一个美国黑人内衣女工如何开始爱情和事业追求，建立属于黑人的美容院。

在美国这个移民国家，种族问题既是整个社会核心的结构性问题，也是每个成员建立自身主体性、寻求幸福的个体问题。因此，诺蒂奇着力展现种族问题之下纠结的阶级斗争、民族矛盾、刻板偏见、人性弱点，并深入刻画边缘人物在冲突旋涡中心真实的身心感受和精神困境。诺蒂奇的视野不只限于美国本土，她从一则报纸新闻中发掘灵感，在《泥土、河流、石头》(*Mud，River，Stone*，1997)中讲述了一对美国黑人中产夫妻到非洲东南部"寻根"，却误入深受内战摧残的战乱区域，情节讽刺而又不失现实深意。诺蒂奇在《毁弃》(*Ruined*，2008)中更是将笔触直接伸向战火肆虐的非洲中部，为这个被毁弃、被遗忘的地区的人们发声。诺蒂奇指出，虽然有新闻报道谈及刚果内战对妇女影响，但在图书馆里找不到关于这些妇女的任何资料，"她们在叙述方面几乎完全处于空白状态，所以我觉得我必须到非洲去"。

因此诺蒂奇在2004年就同导演凯特·华瑞斯基（Kate Whoriskey）远赴乌干达，在边境采访难民营中的刚果妇女。采访中，诺蒂奇意识到这场持续数十年，到二十一世纪还未结束的战争是人类文明的耻辱，也是各国政府、在采矿业中牟利的权贵集团，以及所有社会成员保持漠视的恶果，而深陷其中的女性则是最无辜、最悲惨而且失语的受害者，身上的社会责任感迫使她必须迅速反应、仗义执言。她对自己的行为动机毫不避讳：

> 我的职业是讲故事的人。我一直致力于讲述散居世界各地的非洲裔妇女的故事，特别是那些不经常进入主流媒

体的故事。针对刚果妇女的性暴力是当今世界最大的人权危机之一，我正在使用我所掌握的工具来提高人们的认识并引起人们对这一情况的关注；这些工具就是我的想象力和讲故事的技巧。我觉得我们所有有能力触及观众的人，都有责任尝试结束这一场灾难。沉默就是同谋。……我们在这个问题上的沉默意味着，每当我们使用手机时，我们都在无意中助长了一场压在妇女身上的战争。我为什么要去非洲收集她们的故事？因为我必须这样做。

诺蒂奇认为，印刷报纸的最后几版新闻只能让读者为"那些遥远的人"轻轻叹息而不为所动，她需要通过戏剧建立情感的桥梁，让人们再次看到这些报道时能意识到，这是活生生的人，不只是统计数据。《毁弃》的故事发生在刚果雨林里一间酒吧兼妓院中，店主纳迪妈妈软硬兼施地管理着手下的女孩们，试图在战火中维持酒吧的经营，为这些走投无路的女性提供最后的容身之地。剧中的女性无一不是战争的受害者，她们被士兵施暴，被家族抛弃，最终沦落风尘。最骇人听闻的是苏菲和纳迪妈妈曾遭受的酷刑——被"毁掉"（ruined），诺蒂奇在采访中解释，是指妇女的生殖器严重损毁，以至于形成了连通排泄道的瘘管，使得女性生理和心理都蒙受巨大痛苦。诸如此类针对女性的暴行，诺蒂奇认为，是一种自古以来，特别是西方殖民者流传下来的灭绝式的残害手段，施暴者通过对女性身心的摧残，达到对敌对族群的彻底毁灭。诺蒂奇希望通过这个作品，让远方的故事来到美国观众面前，呼吁人们放下报纸，拿出行动，竭力尽快结束这种惨无人道的灾难，解救无辜受害的妇女。

在剧本创作初期，诺蒂奇和华瑞斯基曾考虑以刚果为背景改编布莱希特的《大胆妈妈和她的孩子们》，但她们很快发现，大胆妈妈的形象并不符合她们要表达的内容，那些非洲女性的故事更值得讲述。诺蒂奇也不希望在观众中产生"陌生化效应"，她反而希望人们能在情感上与那些值得同情的人相连接。诺蒂奇十分重视剧场中情动的作用，她给剧中的女性设计了丰富的情境，让她们充分地向观众展示连年战火给她们造成的创伤：苏菲本有机会上大学，萨莉玛本有美满幸福的家庭，约瑟芬本是酋长的女儿，她们都不得不栖身于妓院，在枪口下乞食，而纳迪妈妈也必须扼杀自己的同情心，以铁腕手段剥削这些女孩。与此同时，《毁弃》的独特之处也体现在诺蒂奇精巧的构思上，她选取了"风暴眼"——纳迪妈妈的酒吧作为故事发生的地点，战火之中这个貌似歌舞升平、所有人放下武器和平相处的孤岛，表面上有着舒适的气氛，实则无力抵抗纷至沓来的暴力威胁，更映衬出战争近乎荒诞的残酷，体现了女性在这摇摇欲坠的安全假象中背负的巨大恐惧和持续创伤。

与诺蒂奇一同走访难民营的华瑞斯基也观察到，战争对女性造成的伤害比人们预想的严重得多，"危机在这些刚果妇女的表述中所呈现的方式与观众所预料的存在着很大的差异，她们已经失去了情感上的能量，无法为发生在自己身上的悲剧而哭泣或哀叹"。因此"剧作家只能通过一个非常具体的、安静的故事来表达她们的痛楚，而这样的故事更加令人毛骨悚然"。剧中萨莉玛对自己不幸遭遇的叙述集中体现了这一点，她平静地讲述一群士兵如何在自己面前杀害女儿、强暴自己，同时在她描述的画面中还有着晴朗的天气和美丽的事物——"一只孔雀钻进了我的果园，番茄熟得正正好。我们地里的红高粱长得真好，会有个好收成"。诺蒂奇克制、真实而意味悠长的笔法使得她所抨击的战争暴行更加令人毛骨悚然。

除此之外，诺蒂奇笔下又保持着对创作对象深刻的爱，她用浪漫和幽默疗愈创伤后的人们。《毁弃》中，纳迪妈妈既是残酷剥削其他女性的恶人，但她同时也是战争酷刑的受害者，她还在关键时刻展现出对身世相似的苏菲的勇敢保护和对幸福的正常生活的向往，这些丰富的人物面向让观众悬置自己过于简单的道德判断，重新理解在极端情境下人们为生存做出的糟糕选择。因此，普利策奖评委会称赞《毁弃》为"一部能够引起观众剧痛的作品，剧作家强迫观众直面战争中的强暴和残忍场面，同时又令他们相信生命的坚韧和绝望中的希望"。诺蒂奇表示，《毁弃》中不只有对于暴行的愤慨，也有非洲的美丽和欢乐，她想通过自己的作品展现现代非洲的复杂性；她还为《毁弃》结尾浪漫的乐观情绪辩护说，这是满目疮痍的非洲所需要的抚慰。

作为少数族裔的诺蒂奇始终关注边缘群体的生活状态,她不懈地讲述那些在公共危机和宏大叙事中被大众遗忘的群体的故事,并且锲而不舍地探寻社会问题的深层原因。2011年,她接到一封邻居的来信,这位单身母亲倾诉自己已经陷入经济困顿几个月了。诺蒂奇随即展开社会调查,她先前往了"占领华尔街"运动现场,了解这场"99%民众反对1%精英"的社会运动的诉求,接着又和华瑞斯基一起到老工业城市调研,走访因金融危机和产业结构变化而失业受困的工人。在小城雷丁,诺蒂奇原计划两周的调查最终持续了两年半。这座宾夕法尼亚州的城市曾是美国二十世纪上半叶的铁路交通枢纽,钢铁和纺织产业兴盛,到2019年,贫困人口竟高达百分之四十,酗酒、吸毒和犯罪问题横行,成了"废城"。诺蒂奇到市长办公室、警察局等市政机构进行调查,也探访了美国联合慈善基金会、救助站等救助机构,还在街头、酒吧和工人俱乐部等地与民众交谈。扎实的社会调查终于成就了《血汗》(*Sweat*,2015)这一杰作。

《血汗》情节涵盖了两个时间段,一个是2001年"9·11"恐怖袭击之前,北美自由贸易协定(NAFTA)开始生效,另一个是2008年金融危机前夕,两个时空交替闪回,在观众面前展开这一出无法避免的悲剧。故事同样发生在一个酒吧里,雷丁的钢铁工人在这里聚会,但随着越来越大的生存压力和无处释放的无名怒火,平和、温馨的气氛被打破,亲友反目成仇,社区秩序崩溃，人们的生活向无底深渊滑落。如诺蒂奇所言，剧中人投身"美国梦"，都做了他们认为正确的事，却发现自己仍毫无机会改变命运。同《毁弃》一样，《血汗》聚焦在历史车轮下苦苦挣扎的普通人，在钢铁工人辛西娅和翠茜、杰茜身上，我们看到她们积极乐观的性格和追求幸福的努力，也见证了三位亲密姐妹因为在时局变迁中的不同选择而走向疏远乃至敌对。而年轻一代的杰森和克里斯原本朝气蓬勃，却甚至不能追求他们父母昔日曾享受过的生活，最终在狭隘的种族主义和暴力冲动的驱使下铸成大错。《血汗》呈现给观众全球化时代的美国《推销员之死》式的社会悲剧，缺少教育和机制性保障的人在产业结构调整中无所适从，最终做出了最糟糕的选择。

借助剧情和穿插其中的广播新闻片段，诺蒂奇描绘出当代美国被大众媒体和精英阶层忽视的重要现实。北美自由贸易协定推动了美国经济发展，也开启了全球化的新阶段和美国传统工业的转型。用剧中病退工人、酒保斯坦的话说，"可能明早醒来，你所有的工作都迁到墨西哥还是什么地方去了"。面临工厂蓄谋已久的削减薪资福利的行为，有多年斗争经验的地方工会本可以有效应对，资方釜底抽薪的手段（将设备偷偷撤走，转移投资）却使得工人一筹莫展。为工厂挥洒汗水多年的工人饱受职业病折磨，更因为教育和保障的局限性，下岗后难以"从头再来"，他们成了"隐形的阶层"，甚至堕入吸毒、犯罪的深渊。诺蒂奇还着重突出了这一社会问题与种族问题、移民问题的错综交织，拉美裔二代移民奥斯卡在剧中始终被无视，被欺侮，被当作社会问题的出气筒，而这样的矛盾使得劳资纠纷更加复杂，奥斯卡因为领更少的工资进厂上班被视为"工贼"，最终多方冲突导致了难以挽回的悲剧结局。

资本主义全球化的副作用和单一模式的地方发展的不可持续性被《血汗》生动地体现了出来。很多评论者都认为，《血汗》一剧预示着2016年的大选结果。雷丁所在的宾夕法尼亚州在上一届选举中投票给民主党人巴拉克·奥巴马，而这一次经过艰难计票，宾州最终将选举人票投给了鼓吹"美国优先"的唐纳德·特朗普。诺蒂奇在创作调研中发现，在描述雷丁这座城市时，居民只能使用"雷丁以前是……"的句式，这个城市失去了对现在的描述和对未来的想象。诺蒂奇将这种症候视为在全球化的现实面前美国叙事（American narrative）失控的表现：国家去工业化（de-industrialized），中产阶级群体消退，小型城市和社群分崩离析，而文化无法应对。如评论家所言："诺蒂奇并不是简单地为唐纳德·特朗普的某一部分选民的行为做解释。她在分析经济压力和人口结构变化的方式如何造成了社区相互对立，正如这次选举令人沮丧地告诉我们的那样。"普利策奖的颁奖词则将《血汗》形容为"一部微妙而有力的戏剧，让观众想起'洗牌'后的美国社会仍然要面对寻找'美国梦'的工人"。

在哥伦比亚大学戏剧系担任教授的诺蒂奇兼具学者的脚踏

实地精神和戏剧家的丰富想象力,她笔下有生动的历史细节,又有张力充沛的戏剧场面,还有令人拍案叫绝的人物对白和独白。诺蒂奇塑造了语言风格鲜明、性格鲜活丰满、让人同情的人物,但令人叹惋的是,深受社会压迫的他们只能"拔刀向更弱者",正如被教唆杀人的少年士兵把暴力倾泻在萨莉玛和苏菲身上,翠茜和杰森等人把失业的愤怒转移到少数族裔的奥斯卡身上。诺蒂奇精湛的叙事技巧总让人读罢剧本意犹未尽,而故事的收束尤为明快有力而意义悠远,无论是《毁弃》中纳迪妈妈和克里斯蒂安在灾难之后的相拥起舞,还是《血汗》中昔日的施害者与受害者在经历沧海桑田之后的凝望,都让人无限回味。最重要的是,诺蒂奇坚持不懈地向观众讲述这些被社会遗忘和抛弃的人的故事,呼吁为他们做出改变,为美国社会守护良心的底线。

诺蒂奇同萧伯纳一样,始终关心社会公正问题,并通过富含幽默、同情和真诚的故事将现实摆在观众面前。诺蒂奇认为,戏剧是疗愈和孕育变革的工具。《毁弃》在纽约外百老汇演出后,许多来自非洲的观众向诺蒂奇致谢。2010年,联合国向刚果派遣新的维和部队。《血汗》2016年在雷丁免费为市民演出,有许多观众在演后交流环节分享自身的故事。在新媒体勃兴的时代,诺蒂奇表示戏剧仍然充满活力,社群需要戏剧提供宣泄情感、形成团结的集体空间,因此我们仍然可以相信戏剧的集体力量:

戏剧的力量在于它可以剥去情感的层层外表，揭示那些经常迷失在人权报告和独立新闻中的关于人类的真相。在许多社会中，你会发现戏剧处于变革的前沿。这一媒介的公共性质使我们能够探索艰难的和令人不安的主题，最终为观众带来某种形式的集体的卡塔西斯。

在价值趋于保守、交流屡屡受阻的当下，诺蒂奇的戏剧无疑是美国和世界值得倾听的故事。

翻译诺蒂奇的剧本是乐趣与痛苦交织的过程：其乐趣在于她的剧本富有生活气息，人物对白精彩生动，阅读时不禁为作家的深刻笔力和高超技巧而频频击节叫好；而痛苦则在于她剧中讨论的议题触及人性深处和社会顽疾，我的思绪也常常被其中悲剧引发的无力感扰乱，为难解的人性弱点和社会弊病屡屡掩卷叹息。她曾说，在访谈时她会跟对方坦白，"我不是记者，不是医生，也不是律师，我不能改变什么，我只能坐下来听你讲话，把你的故事听完，并给予同情"。她教育学生说，用好奇心代替自身的轻率预判，饱含同情地去倾听他人的故事。她还强调，艺术家需要充沛的感情和爱来支撑自己的表达。我想，从这点来说，诺蒂奇当之无愧是当代知识分子和艺术家的典范。

非常感谢引荐我翻译本书的南京大学陈恬老师，让我获得这个宝贵的机会，向美国当代最重要的戏剧家学习。感谢南京大学出版社的编辑付裕，在翻译进程中不断给我鼓励和支持。也感谢广西艺术学院高层次人才科研启动基金的支持，让我完成本书。另外，我还要感谢广西艺术学院影视与传媒学院戏剧影视文学系和表演系的部分本科、研究生同学，他们一起对剧本进行了朗读和讨论，帮助我完善了译稿。

毁

弃

Ruined

2008

人　物

萨莉玛

约瑟芬

杰罗姆·基森贝

纳迪妈妈

西蒙

福金

克里斯蒂安

奥森本加司令

哈拉里先生

劳伦特

苏菲

国际援助组织社工

士兵

矿工

地　点

刚果民主共和国的一个小型矿业城镇。

第一幕

•

第一场

一个小型矿业城镇。伊图里热带雨林的声音。刚果民主共和国。①

一间酒吧,有茅草屋顶、临时家具和一张破旧的台球桌。为了让破旧的酒吧显出活力,布置花了不少心思。角落里放着一堆塑料洗脸盆。一个老式汽车电池为灯光和音响系统供电。一个盖着的鸟笼显眼地放在房间的角落里。

纳迪妈妈,四十出头,一个步履矫健、气质威严的迷人女性;看着四十出头的克里斯蒂安,一个永远开朗乐观的巡回推销员,大口喝下一瓶芬达。他的英气已经被艰苦旅程所消磨。他穿的西服,新的时候应该很时髦,但现在已经历了快十年的过度使用。他拂去衣服上的风尘,大口大口地喝着汽水。

克里斯蒂安　冰凉透心。二十五公里内唯一的冰镇芬达。你不知道这味道有多好。

---

① 刚果民主共和国,也称刚果(金),位于非洲中部,首都为金沙萨。伊图里为其一个省,多年遭受内战侵扰。(如无特别说明,本书脚注均为译者注。)

纳迪妈妈露出一个温暖的、妩媚的微笑,然后给自己倒了一杯普利姆斯啤酒①。

纳迪妈妈　你小子到底上哪儿去了?

克里斯蒂安　我到这儿来可不容易。

纳迪妈妈　我已经等了你三个星期。你让我怎么做生意?没有肥皂,没有香烟,没有安全套。甚至连发电用的半升汽油都没有。

克里斯蒂安　你这是冲我来?这乱子不是我造成的。没有人,我告诉你,没有人可以通过大路。每两公里就有一个娃娃兵扛着AK47,跟你吃拿卡要。服务费,营业税,通关税。他们发明各种理由来收走你车上的货。

纳迪妈妈　那为什么哈拉里先生总是能通过?

克里斯蒂安　哈拉里先生可带不来你需要的东西,是不是?哈拉里先生的某些利益比他的命还重要。我呢,我还是希望有一天能有个家庭。

克里斯蒂安痛快地笑。

纳迪妈妈　我的口红呢?

克里斯蒂安　你的口红?哎!你问我要口红了?

纳迪妈妈　我当然问了,你这个白痴!

---

① Primus,刚果本地产的廉价啤酒。

克里斯蒂安　　看看你对我说话的方式,亲爱的。我怎么会忘了?①我来到这里还没缺胳膊少腿,你就该高兴了。(克里斯蒂安从他的口袋里拿出一管口红)对我好一点,不然我就把它给约瑟芬。她知道该怎么表达感激之情。

纳迪妈妈　　对约瑟芬你就会得寸进尺。希望你知道怎么戴套。

　　　　　　克里斯蒂安笑。

克里斯蒂安　　妒忌了?

纳迪妈妈　　去你的,别跟我来这套。

　　　　　　纳迪妈妈转身离开,不理睬他。

克里斯蒂安　　你要去哪儿?哎,哎,你干吗呀?(戏谑地)亲爱的,我知道你不希望我记得,这样你就可以对我发脾气了,但这次你不会得逞。

　　　　　　克里斯蒂安拿着口红逗她。纳迪妈妈忍住笑意。

纳迪妈妈　　得了,闭嘴,给我。(他把口红递给她)谢谢你,克里斯蒂安。

克里斯蒂安　　我没听见——

纳迪妈妈　　别蹬鼻子上脸。最好是红色的。

---

① 刚果民主共和国是前比利时殖民地,同时使用法语和斯瓦希里语。此处用的是法语。对白中多次出现法语。

> 纳迪妈妈从破旧的吧台后面抓起一块破镜子，然后优雅地涂口红。

克里斯蒂安　你不说我也懂。我知道你缺个男人。

纳迪妈妈　对，我脑袋还缺个枪眼。

克里斯蒂安　（朗诵）

"什么，这就是爱情？

一场意外的风，

一场波动，

正对着一场进逼的风暴。

决心，这一丛荆棘

已被吹散，被卷走

来，亲爱的，这首诗献给你，来代替我不被你允许的吻。"

> 克里斯蒂安温柔地笑了。纳迪妈妈拿出一碗花生。

纳迪妈妈　给你。我给你留了些花生，教授。

克里斯蒂安　这就是你为我保有的全部？

纳迪妈妈　识相点，不然我立马送客。

> 纳迪妈妈用眼神责备他。

克里斯蒂安　哎哟哟……你这表情跟我奶奶似的！

> 克里斯蒂安嘲笑她的表情。纳迪妈妈笑着喝下她的啤酒。

纳迪妈妈　　你确定你不来点啤酒?

克里斯蒂安　你又不是不懂我,亲爱的,我已经四年滴酒不沾了。

纳迪妈妈　　(调笑)无情的人。

克里斯蒂安　啧!(克里斯蒂安捏开几颗花生,杂耍般地把它们抛进嘴里。鹦鹉叫了一声)那是什么,笼子里的?

纳迪妈妈　　哦,那个啊,灰鹦鹉。巴顿加老爷子去世了。

克里斯蒂安　什么时候走的?

纳迪妈妈　　上周四。谁也不想要这只鸟。整天唠叨个没完。

克里斯蒂安　是吗?它都说什么?

克里斯蒂安走到鸟笼前,从罩子下面看去。

纳迪妈妈　　谁他妈知道?说的都是俾格米人①的话。老爷子是他们部落最后一个人了。也只有那只呆鸟可以听他说话。

克里斯蒂安　(对鸟儿)你好?

纳迪妈妈　　老爷子相信,那些森林子民的话只要还有人说,他们的灵魂就会一直活着。

克里斯蒂安　真的吗?(克里斯蒂安把手指戳进笼子里。对纳迪妈妈)你打算怎么处理它?

纳迪妈妈　　卖掉。我可不想留着。臭死了。

克里斯蒂安用指头戳了戳鸟笼。

---

① 中非的一个人种,个子普遍偏矮小。

克里斯蒂安　（对鸟儿）你好。

纳迪妈妈　哎,别把手指伸进去。

克里斯蒂安　你看,他喜欢我呢。纳迪妈妈,你还没问我为你带了什么别的好东西呢,去看看吧。(克里斯蒂安迅速收回他的手指)呀。妈的。咬我。

纳迪妈妈　哼,你就不该招惹它。

　　　　　　纳迪妈妈笑。

克里斯蒂安　噢,这臭鸟。

纳迪妈妈　（不耐烦地）别哭哭啼啼了,你带了什么给我?说呀……你要让我继续猜吗?

克里斯蒂安　去吧。去卡车里看一眼。别再说我没惦记着你。

　　　　　　纳迪妈妈笑了。

纳迪妈妈　多少个?

克里斯蒂安　三个。

纳迪妈妈　三个?可是,我现在用不了三个。你知道的。

克里斯蒂安　你用得了的。你都要了,我给你个好价钱。

　　　　　　纳迪妈妈走到门口,看着外面的货品,不以为意。

纳迪妈妈　我不知道,这几个看起来都不是原装的,旧了。

克里斯蒂安　别这样,纳迪妈妈。再看看。好好看看。你自己说了,生意很好。

　　　　　　纳迪妈妈考虑,最后做出决定。

纳迪妈妈　行吧,就一个。前面那个。

指着远处。

克里斯蒂安 三个。行行好，别让我再把她们送回去了。

纳迪妈妈 就一个。多少钱？

克里斯蒂安 你知道过来有多难吗？这条路完全被冲毁了——

纳迪妈妈 行了，行了。我不想听你的历险记。就告诉我，那一个多少钱？

克里斯蒂安 老样子，二十五以上，因为……因为……你明白，来到这里太难了——

纳迪妈妈 我出十五块钱。

克里斯蒂安 啊！十五？没有这样的。二十二。行了。

纳迪妈妈 二十。我的底价。

克里斯蒂安考虑了一下，他很不情愿。

克里斯蒂安 哎。好吧。好吧。该死。行。行。不过我得再来一瓶冰芬达。这次要冰柜底下拿出来的。

克里斯蒂安垂头丧气地下场。纳迪妈妈得意地笑着，从冰箱里取出另一瓶汽水。她重新涂上口红，然后数着钱。克里斯蒂安拿着两盒乌干达香烟骄傲地重新走进来。过了一会儿，两个衣衫褴褛的女人试探着走进酒吧。苏菲，是个光彩照人的美女，透着倔强。萨莉玛，是个结实的农妇，脸上流露出对世界的厌倦。她们手拉着手。纳迪妈妈细看着这些女人，然后——

纳迪妈妈　我说了一个。那个。

　　　　　她指着苏菲。

克里斯蒂安　本周大酬宾,好消息,买一送一。怎么样?

纳迪妈妈　你聋了? 我不要,啧! 两张嘴我养不起,也伺候不了。

　　　　　纳迪妈妈继续逐个检视面前的女人。

克里斯蒂安　两个人都留下吧。就把她们当一个人养。求你了,妈妈,我再送这些烟。

纳迪妈妈　反正,我只付一个人的价钱。

克里斯蒂安　当然了,咱们说好了的,没毛病。

纳迪妈妈　(大叫)约瑟芬! 约瑟芬! 那个蠢婆娘哪儿去了? (约瑟芬,一个穿着西式迷你短裙和高跟鞋的性感女人,出现在挂着珠帘的门口。她带着明显的轻蔑打量着新来的女人)带她们到后面去。洗干净了,穿点像样的。

约 瑟 芬　[斯瓦希里语]来。(停一拍)[斯瓦希里语]快点。

　　　　　约瑟芬向女人们招手,她们不情愿地跟上。

纳迪妈妈　等等。(纳迪妈妈示意萨莉玛,她紧紧抓住苏菲)你。过来。(萨莉玛不动)来。(萨莉玛紧紧拉着苏菲,然后慢慢走向纳迪妈妈)你叫什么?

萨 莉 玛　(小声)萨莉玛。

纳迪妈妈　什么?

萨 莉 玛　　萨莉玛。

　　　　　纳迪妈妈检查萨莉玛粗糙的手。

纳迪妈妈　　这么糙。(带着不屑)挖矿的？我们得想想办法。(萨莉玛抽开手,纳迪妈妈注意到了她的鲁莽)还有你,过来。小美人,你叫什么名字？

苏　　菲　　苏菲。

纳迪妈妈　　你会笑吗？

苏　　菲　　会。

纳迪妈妈　　笑一个让我看看。(苏菲挤出一个轻蔑的笑)很好,去洗漱吧。

　　　　　过了片刻。

约 瑟 芬　　(打响指)走,快点！

　　　　　萨莉玛看向苏菲。她跟在后面。女人们跟着约瑟芬下场。苏菲走得有些踉跄。

纳迪妈妈　　你这次至少告诉她们了吗？

克里斯蒂安　我说了,她们知道情况,而且她们是自愿来的。

纳迪妈妈　　还有呢？

克里斯蒂安　萨莉玛家在一个小村子。不是什么大地方。她是被抓走的,反政府的"马伊-马伊"军[①];可怜她在丛林里当了近五个月的军妓。

---

① 刚果反政府武装,大量使用儿童士兵。

纳迪妈妈　　那她家人呢?

克里斯蒂安　她说她男人是个农民。我听说,她的村子不想要她了。因为……不过她单纯得很,没上过什么学,我不担心她。

纳迪妈妈　　另一个呢?

克里斯蒂安　苏菲。苏菲她……

纳迪妈妈　　怎么了?

克里斯蒂安　……她……被毁了。

过了片刻。

纳迪妈妈　　(*愤怒*)你给我一个毁掉、没用了的姑娘?

克里斯蒂安　她不花你的钱。

纳迪妈妈　　我花钱买的是她,不是另一个。另一个有什么用处?我有六七个像她这样的,我不要再养一个没用的。

克里斯蒂安　我知道,好了,别那么激动。苏菲是个好姑娘,她不会给你添麻烦的。

纳迪妈妈　　我怎么知道?

克里斯蒂安　(*争辩*)因为是我说的。她吃过很多苦。

纳迪妈妈　　是吗?那又关我什么事?

克里斯蒂安　留下她吧,就一个月。你会发现她是个好姑娘。能干活,肯吃苦。

纳迪妈妈指着她的下体。

纳迪妈妈 但是毁掉了,我说得对吗?

克里斯蒂安 ……是的……听我说,民兵对那孩子做了万恶的事,用刺刀……把她捅了,然后扔在那里等死。她被——

纳迪妈妈 (打响指)我不想听。你说完了吗?

克里斯蒂安 (激动地)生意会忙起来的,纳迪妈妈。沿路的人都在说这些红土里面有多少钶钽铁矿①。突然间,每个人都扛起铁锹,想在保护区里挖出宝来,因为之前有个俾格米人到处吹自己挖出了多少好东西。我保证到九月,这里的矿工数量会增加一倍。你知道那些混蛋都饥渴得很。所以,留下她吧,让她给你干活。

纳迪妈妈 你凭什么觉得她对我还有用?

克里斯蒂安 (恳求)那女孩能做饭,打扫卫生,她唱歌声音像天使。你……自从那个美女卡米尔得了艾滋病之后,你这儿就再也没有好听的音乐了。

纳迪妈妈 不行,留下这样的姑娘要触霉头的。我不能要。约瑟芬!约瑟芬!

克里斯蒂安 妈妈,她很漂亮。矿工看了也养眼。我保证。

---

① 钶钽铁矿是一种含有铌和钽的金属矿,广泛用于制造高科技产品,如移动电话等。

纳迪妈妈　行了,别说了。像只土狼一样干号。给我闭嘴,马上。

约瑟芬进来,被使唤惯了的样子。

约　瑟　芬　在,妈妈。

纳迪妈妈　把那个姑娘,苏菲,带回来。

克里斯蒂安　等一下,约瑟芬,给我们一分钟。(约瑟芬不动)纳迪妈妈,拜托。听我说,好吧,我求你帮我这个忙。这些年来,我为你做了很多事情。我不要求你有什么回报。求你了。这孩子没有别的地方可去。

纳迪妈妈　很抱歉,但我是在做生意,不是做教会。带她去布尼亚①的修女那里,让她去给她们编篮子吧。约瑟芬,你傻站着干吗……把那个姑娘叫过来。

克里斯蒂安　等一下。

约瑟芬对他俩开腔了。

约　瑟　芬　(恼怒地)要我等还是要我走?

纳迪妈妈　叫她!

约瑟芬咂咂嘴,下场。

克里斯蒂安　(带着一丝怨恨)哼!亏我还记着你的口红和各种东西。

---

① 刚果伊图里省首府。

纳迪妈妈　别这样看着我，我今天跟你松了口，明天，我这儿就成难民救济营了。这混账战争打起来以后，谁不需要帮助？我帮不了别人。半个国家的人都在挨饿，而我让八个女人吃饱饭。所以不要扯什么鬼话，说我没有收留一个女孩。

克里斯蒂安　你看，我的卡车上有什么你想要的，就拿什么。什么都行！我还有一些……一些比利时巧克力。

纳迪妈妈　你有完没完？你干吗这么操心这个女孩？嗯？

克里斯蒂安　行行好吧，妈妈，求你。

纳迪妈妈　巧克力。我一直问你要巧克力，你老说这么热的天会变质。今年你拒绝了我多少次，你说说？可是她一定对你非常非常重要。我看出来了。你是想上她还是怎么的？

过了片刻。

克里斯蒂安　她是我姐姐唯一的女儿。行了吗？我告诉家里人，我会为她找到一个去处……在这里，至少我知道她是安全的。不会饿肚子。（*他停下来，大口大口地喝着汽水*）你也知道，村子容不下一个被……毁掉的姑娘。她让家族觉得丢脸，不光彩。

纳迪妈妈　（讽刺）但她在这里，就没问题？很抱歉，我还是无能为力。我没有地方再安顿一个废掉的姑娘了。

克里斯蒂安　她饭量就跟只鸟一样。不耗你的粮食。

苏菲进来。

苏　　菲　夫人。

纳迪妈妈　（纠正）是小姐。（片刻。纳迪妈妈盯着苏菲，思考着，她的决心慢慢动摇了）过来。（苏菲走到纳迪妈妈身边）你多大了？

苏菲迎着纳迪妈妈的目光。

苏　　菲　十八岁。

纳迪妈妈　噢？你有男朋友吗？

苏　　菲　没有。

纳迪妈妈对她的傲慢感到惊讶。

纳迪妈妈　你是学生？

苏　　菲　是，我本来要考大学的。

纳迪妈妈　我猜你成绩一定很好，对不对？

苏　　菲　对。

纳迪妈妈　未来的小官僚。（苏菲不自然地动了动。她的身体透出疼痛，泪水夺眶而出。纳迪妈妈用裙子给苏菲擦眼泪）他们把你伤得很重吗？

苏　　菲　（小声）……是的。

纳迪妈妈　肯定是的。（纳迪妈妈仔细看着苏菲，考虑了一下，然后决定）克里斯蒂安，去给我拿巧克力。

克里斯蒂安　也就是说……？

纳迪妈妈	我这么做是为了你，因为你对我很好。但这是你最后一次给我带残次品。明白了吗？这对生意没有好处。
克里斯蒂安	谢谢你，这是最后一次。我保证。谢谢你，妈妈。
纳迪妈妈	你会唱歌吗？
苏　菲	（轻声）会。
纳迪妈妈	会流行歌曲吗？
苏　菲	会。会几首。
克里斯蒂安	大声点！

克里斯蒂安下场。

苏　菲	是的，夫——（赶紧改口）小姐。
纳迪妈妈	叫妈妈。会数学吗？算数什么的？
苏　菲	会，妈妈。
纳迪妈妈	好。（纳迪妈妈用手指托起苏菲的下巴，羡慕地审视着她的脸）嗯，是个美人坯子。我明白你怎么惹上麻烦的。你知道这是什么地方吗？
苏　菲	知道，纳迪妈妈。我大概知道。
纳迪妈妈	好的。（纳迪妈妈小心翼翼地把红色口红涂在苏菲的嘴上）那我们就好办了。我希望我的姑娘们听话、干净。就这么多。我管你住，管你吃，管你穿。如果生意好，大家都有东西分。生意不好，妈妈就先吃。我说的听懂了吗？（苏菲点头）很好。

　　　　　　　红色跟你挺搭。(苏菲没有回应)"谢谢，妈妈。"

苏　　　菲　谢谢，妈妈。

　　　　　　　纳迪妈妈倒了一杯当地自酿的酒，递给她。

纳迪妈妈　　喝吧。可以止住下面的痛。我知道很痛，闻起来像肉臭了。好好去洗一洗。(苏菲接过杯子，慢慢把酒喝下去)不要太依赖喝酒。会让你变得笨手笨脚，我不允许有人笨手笨脚。明白了吗？

　　　　　　　克里斯蒂安屁颠屁颠地上场，手里拿着一盒褪了色但仍显得包装精美的巧克力。

克里斯蒂安　手工制作。进口的。非常好的。希望你识货，布尼亚的一个比利时店主订的。真的是稀奇货，我费了好大劲才找到这巧克力。然后她呢，一眨眼不见了。现在我只能守着这二十盒巧克力。我想把它们送给罗宾斯牧师，可他在节食。

　　　　　　　纳迪妈妈打开盒子，打量着巧克力。她仿佛置身于极乐世界。她让苏菲拿一块，苏菲怯怯地挑了一块。

苏　　　菲　谢谢。

　　　　　　　纳迪妈妈咬了一口巧克力。

纳迪妈妈　　嗯。

克里斯蒂安　满意了吗？这就是比利时美好生活的味道。

纳迪妈妈　　焦糖。天啊，我好久没吃到焦糖了。你这个混蛋，你一直瞒着我！嗯。闻这味道，这味道让我想起了我的妈妈。她会带我和我的哥哥们去基桑加尼①。她会给我们每个人买一大袋焦糖，用那种撕也撕不开的塑料袋包着。你知道为什么吗？这样我们就不会告诉外公，她去城里找那些叔叔了。她会让我们坐在河岸边，看着船，呼哧呼哧地吃着焦糖，等她"去叔叔家玩"。只要有甜食，我们就不和外公多说一句话。

苏菲吃着她的巧克力，第一次露出了笑容。克里斯蒂安伸手去拿巧克力，但纳迪妈妈迅速拍掉了他的手，关上了盒子。

克里斯蒂安 我的呢？

纳迪妈妈 你的呢？

克里斯蒂安 我没有吗？

纳迪妈妈 没有！

这把苏菲逗乐了。

克里斯蒂安 你笑什么笑？你算走运的。你幸亏有一个这么好的舅舅。很多人会把你丢在一边等死。

苏菲的笑容消失了。

纳迪妈妈 别理他。（对克里斯蒂安）去，都安排好了，在秃

---

① 刚果第三大城市，东方省首府。

鹰偷走其他东西之前把它们拿进来!

克里斯蒂安 苏菲,我……你……你要好好听话。不要让妈妈生气。

苏　　菲 我不会的,舅舅。

克里斯蒂安带着歉意离开。苏菲舔着她那沾满巧克力的手指,灯光渐渐暗下来。

第二场

一个月后。

酒吧里。约瑟芬启动发电机,五颜六色的圣诞灯闪烁着。鸟笼放在吧台后面;每隔一段时间,鸟儿就叽喳乱叫一阵。

酒吧里,醉醺醺、衣衫不整的反政府军士兵们喝光了啤酒,笑得格外大声。萨莉玛穿着带金色亮片的露脐装、一件传统的彩色裹身衣和不匹配的黄色高跟鞋,打着台球,竭力忽视士兵们间或投来的色眯眯的目光。

身着军装的反政府军领导人杰罗姆·基森贝被簇拥着讲着话。纳迪妈妈端着一碗花生,脖子上挂着一块鲜红的手帕,以示对反政府军领导人颜色的认可。

约瑟芬为哈拉里先生跳着挑逗的辣身舞,后者是一个英俊的带着酒气的黎巴嫩矿产品商人,穿着一身怪怪的老派的户外探险装。他光着脚。

苏菲在吉他和鼓的伴奏下,唱着一首欢快的舞曲。

苏　　菲　（唱）

"夜色缓缓涌来。

疲惫随夜幕滑落。

灵魂升起,牙关松开,

渴求原谅,人已倦怠。

你来这里是为了忘记。

你说要赶走所有遗憾,跳着舞,

就像这战争的结局。

白天沉重的大门迅速关上

把太阳的火气留在身后

黄昏迎来森林的音乐,

你的身体自在舒展。

（约瑟芬为男人跳舞）

你来这里是为了忘记。

你说驱走所有的遗憾,

跳着舞就像这结局,

就像这战争的结局。

  但是，音乐是否能宽恕所有的人
  净化生活的折磨？
  声音能否淹没你的悲伤，
  你明天什么都会忘却？"

  一个喝醉了的反政府军士兵站起来，大声要求。

反政府军士兵甲　再来一个！喂！

纳迪妈妈　听到了！听到了！

反政府军士兵甲　快点！再来一个！（他笨拙地把酒瓶摔在柜台上，向苏菲示意）喂！你！喂！喂！喂！（另一个反政府军士兵像逗猫一样招呼苏菲。苏菲不理他。反政府军士兵甲将注意力转回纳迪妈妈身上）她！她为什么不来跟我说话？

纳迪妈妈　你想和她说话，就规矩点，让我看看你有多少钱。

  反政府军领导人杰罗姆·基森贝爆发一阵大笑。

反政府军士兵甲　我钱包都掏空来买你的破啤酒了。卖这么贵！这就是黑店！

纳迪妈妈　那就到别处去，说话注意点。

  纳迪妈妈转身离开。

反政府军士兵甲　哎，等等，等等。我要她跟我说话。纳迪妈妈，瞧一瞧！我有这个。

  反政府军士兵甲自豪地展示一个包袱，里面装满

了小块矿石。

纳迪妈妈　什么东西？嗯？钶钽铁矿石？你从哪儿弄来的？

反政府军士兵甲　（自吹自擂）从一个保护区的矿工那儿弄到的。

纳迪妈妈　他就这么给你的？

反政府军士兵甲　可不，他就这么给我的。这些王八蛋一直在偷挖我们的森林，我们把他们轰走了。咱爷们就是霸气，吓他个屁滚尿流，"小子，滚你妈的蛋！"让那帮小子喂秃鹰去。

　　　　　反政府军士兵甲摆出一个嘻哈的"黑帮"姿势。其他反政府军士兵哄笑。哈拉里先生不为所动，听了两嘴这些谈话。纳迪妈妈笑了。

纳迪妈妈　钶钽矿石？我看看啊。嗐，就这呀，不值钱，朋友。一个月前能值一点儿，可是现在这玩意儿还不顶一顿饭钱。太多来淘金的了。来我这儿的矿工哪个不拎着一桶？给我弄一克金子，咱们再聊。

反政府军士兵甲　你什么意思？骗子！在城里，这玩意儿可以换很多钱。

纳迪妈妈　可这是城里吗，你说呢老总？（他粗暴地抓住纳迪妈妈的手腕）这是个好好喝酒的地方。对不对？你们那套丛林法则治不了我。如果你想像个男人一样喝酒，你就像个男人一样喝酒；你想当个大猩猩，那就回丛林里去。

反政府军士兵们大笑。他松开纳迪妈妈的手。

反政府军士兵甲　行了，妈妈，这值很多钱！是吧？（他再次向苏菲打手势。他火冒三丈）贱人。她为什么不跟我说话？（沮丧地，反政府军士兵甲把包袱放回口袋里。他沉思着，默默地看着苏菲随着音乐摇摆。突然间，他收敛了自己的情绪，醉醺醺地朝她走去）我来教教她礼貌！要尊重我！

反政府军士兵甲捶着胸口，另一个反政府军士兵怂恿着。苏菲僵住了。纳迪妈妈迅速挡在中间。乐手们停止演奏。

纳迪妈妈　反正……既然你全部家当就这么点矿石，这次我就收下。现在去坐下。请坐吧。请。

反政府军士兵甲　（兴奋）可以了？现在，我想让她跟我说话！她会跟我说话吗？

纳迪妈妈　好了，好了，坐下。（他掏出包袱。他轻轻地取出几块矿石）别那么小气。啧啧！都给我看看。（反政府军士兵甲不情愿地把饱经风霜的布包交给纳迪妈妈。她笑着说）萨莉玛！萨莉玛，来！

萨莉玛听到自己的名字，厌烦得很。她不情愿地走近反政府军士兵甲。

反政府军士兵甲　她不行吗？

他指着苏菲。

纳迪妈妈　　萨莉玛舞跳得更好。我保证。好啦。大家都开心。

基　森　贝　小伙子,大家都开心!

萨莉玛打量了一下醉醺醺的反政府军士兵甲。

萨　莉　玛　霸气大哥,你想跟我跳舞吗?(她把他的手臂放在她的腰间。他深情地望着苏菲,然后拉着萨莉玛靠近。他咄咄逼人)轻点。

纳迪妈妈　　苏菲。

苏菲松了一口气,继续唱歌。

苏　　　菲　(唱)

"再来一杯啤酒,我的朋友。

熄灭你的恐惧之火,我的朋友,

醉心于当下的愚蠢,

拂去一天的沉重。

是的,再来一杯啤酒,我的朋友

擦掉愤怒的眼泪,我的朋友

醉了,傻了,在这一刻,

撇开一天的沉重。

你来这里是为了忘记。

你说驱走所有的遗憾,

跳着舞就像这结局,

就像这战争的结局。

这战争的结局。

这战争的结局。"

掌声。成功解决危机的纳迪妈妈,从柜台下面的隐秘处取来她的带锁储物箱,把矿石放进去。

哈拉里先生　那个,挺漂亮的。

他指着苏菲。

约瑟芬　（不屑）苏菲?!她是个毁掉的人。大家都说她是个扫把星。

约瑟芬带着哈拉里先生走到桌前,他们坐下。

哈拉里先生　你穿的这是什么?我给你买的裙子呢?

约瑟芬　我要是知道你会来,我肯定穿上了。

哈拉里先生　那你还在等什么?

约瑟芬连忙离开,纳迪妈妈捧着她的储物箱坐到哈拉里先生的桌前。

纳迪妈妈　你的鞋子怎么回事,哈拉里先生?

哈拉里先生　都怪你们这个破国家,不知道是哪个喝醉了的儿童军把我的鞋子解放走了。（从台球桌传来笑声）每次来这里我都要买一双新鞋。

纳迪妈妈　你算走运了,他只想要你的鞋。祝你健康。

双方祝酒。反政府军士兵甲对萨莉玛开始手脚不老实，她摇晃躲开。

反政府军士兵甲　哎！

基　森　贝　呀，呀，安静，老子打球呢。

>反政府军士兵甲把萨莉玛抓到腿上。哈拉里先生看着反政府军士兵甲和萨莉玛。

哈拉里先生　你拿了那个可怜鬼的钶钽矿石。你过分了。他可能不知道他为了尝尝那个女人的滋味而放弃了什么。（对反政府军士兵甲）好好享受吧！进入深渊的代价昂贵，我的朋友。（对纳迪妈妈）我们都知道它在市场上能卖多少钱。

纳迪妈妈　六个月前，它跟一坨黑土能差多少？我不明白为什么每个人都在为它打破头。

哈拉里先生　亲爱的，在这个手机时代，它已经成为相当珍贵的矿石，不是吗？而老天出于某种原因，为你们这个落后国家送上了丰富的矿藏。现在，如果那个年轻人来找我，我给的钱够他买一个月的女人。连你都要服侍他。所以谁更黑心，是你还是他？

纳迪妈妈　这是他给我的，你也看到了。你说，是我黑心呢，还是我比你更聪明而已？

>哈拉里先生笑。

哈拉里先生　亲爱的，你在基桑加尼会做得好生意。

纳迪妈妈　我在这里挺好的,在基桑加尼我会想家的。那个肮脏的城市,都是官僚和小偷。

哈拉里先生　你在说笑话,不过我想,你会非常喜欢那里的。我这是夸你。

纳迪妈妈　你有时间吗?

哈拉里先生　当然。

基森贝　来人! 来人!

反政府军士兵乙　长官。

基森贝　把我的手机给我! 磨磨叽叽的,老胳膊老腿吗? 快拿过来!

纳迪妈妈把装有矿石的袋子倒在桌面的布上。

纳迪妈妈　怎么样? 嗯?

哈拉里先生　(看着粗糙的石头)我看看。可以告诉你,这些大多不值钱。不好意思。

纳迪妈妈拿出另一颗石头,悄悄递给哈拉里先生。

纳迪妈妈　那这颗呢?

哈拉里先生审视着桌上的钻石,然后一丝不苟地把放大镜放到眼睛上,更仔细地检查着这颗钻石。

哈拉里先生　唔。是颗钻石原石,你从哪儿弄到的?

纳迪妈妈　你别管了。我替人保管的。

哈拉里先生继续检查钻石。

哈拉里先生　漂亮。哎，你看，它反射的光很漂亮。

纳迪妈妈　知道了，知道了。到底值不值钱？

哈拉里先生　……怎么说呢——

纳迪妈妈　怎么说——

哈拉里先生　看情况。（纳迪妈妈微笑）是颗原石，而且行情嘛——

纳迪妈妈　是，是，到底值多少？一台新发电机还是一块地？

哈拉里先生笑着。

哈拉里先生　别急，我可以给你出个好价钱。但是，要合理，亲爱的，我一个人得养活全家，他们都不懂得我工作的苦。

纳迪妈妈收回钻石。

纳迪妈妈　你的口气很像我外公。他和你一样，哈拉里先生，干起活不要命，什么都不满足。他把自己的农场压榨得太狠了。外边闹着饥荒，而我们的香蕉都快烂掉了。他常说，只要森林还在生长，人就不会挨饿。

哈拉里先生　没错，那农场还是他的吗？

纳迪妈妈自嘲地笑了。

纳迪妈妈　你最清楚，哈拉里先生，你在刚果。没有什么东西靠得住。我十一岁的时候，这个白人拿着一张纸出现了。说他有权拥有我家的土地。（尖酸地）就这样被抢走了！你想听个笑话吗？可怜的外公从一个朋友那里请来了法术，他以为用一把魔法药粉就能让他拿回他的土地。（纳迪妈妈审视着钻石）每个人都在谈钻石，但我……我想要一张权力强大的纸条，说我可以砍掉树林，挖洞，如果我愿意的话，再造个月亮那么高的房子。我不希望有人出现在我的门前把我的生活夺走。再也不要了。可是一个女人，怎么才能得到一块土地，如果她不拿起枪？

哈拉里先生看着士兵。

哈拉里先生 真希望我能给你答案，但我连一双鞋都保不住。这些白痴不停地改变游戏规则。你才提交了文件，第二天办公室就被烧掉了。你买了地，第二天酋长儿子就能在上面盖一栋房子。我不知道还有什么事情有意义。都疯了。看看现在，一个饿疯了的矮子在树林里挖了个洞，突然间，所有的三流民兵都冒了出来，抢着去送死。

纳迪妈妈 没错，不过总得有人给他们提供酒和乐子。

哈拉里先生笑。纳迪妈妈包起矿石，把它们放回她的储物箱。哈拉里先生取下放大镜。

哈拉里先生 不过还是要小心；万一你出了什么事，我上哪儿喝酒去?

哈拉里先生给纳迪妈妈一个友好的吻。

纳迪妈妈　别担心我,都会没事的。

约瑟芬身着优雅的传统服饰骄傲地进入。哈拉里先生看着苏菲。

约 瑟 芬　你觉得怎么样?

哈拉里先生把目光转移到约瑟芬身上。

哈拉里先生　太棒了。她是不是美得很?

纳迪妈妈　那可不,美极了。失陪。

哈拉里先生　我都想带你回家了。

约 瑟 芬　(兴奋)你说话算数。

哈拉里先生　那当然。

约瑟芬拉起裙子,两腿跨在哈拉里先生腿上,吻他。

基 森 贝　妈妈! 妈妈!

纳迪妈妈　来了,来了,[斯瓦希里语]好了好了。

基 森 贝　再来两瓶普利姆斯酒,还有啊,纳迪妈妈,为什么我在这个鬼地方没有手机信号?

纳迪妈妈　我还想问您呢,你不是大人物吗? 管不了这事?

哈拉里先生　他是谁?

约 瑟 芬　他? 杰罗姆·基森贝,反政府民兵的长官。他能呼风唤雨。有一个巫师给他下了符咒,让他刀枪不入。他什么都不怕。什么都得听他的,他就是政府,他就是教会,他就是一切。(哈拉里审视基森贝)别那样死死盯着人家。

约瑟芬把哈拉里先生的脸转过来,亲吻他。纳迪妈妈清理基森贝桌上的啤酒瓶。反政府军士兵在萨莉玛身上摸来摸去,然后在她脖子上咬了一口。

萨 莉 玛　嗷!坏蛋。

　　　　　萨莉玛从反政府军士兵身上离开,走向门口。纳迪妈妈追上她,紧紧抓住她的手臂。

纳迪妈妈　你怎么回事?

萨 莉 玛　你没看见他干了什么?

纳迪妈妈　小气鬼。现在给我回去。

　　　　　纳迪妈妈把萨莉玛推向反政府军士兵。苏菲看在眼里,走到萨莉玛身边。

苏　　菲　你没事吧,萨莉玛?

萨 莉 玛　那条狗咬我。(小声)我才不回去。

苏　　菲　你得回去。

萨 莉 玛　他就是个垃圾!就是像他这样的人——

苏　　菲　别这样。纳迪妈妈看着呢。

　　　　　萨莉玛眼中涌起泪。

萨 莉 玛　你知道他对我说了什么吗?

苏　　菲　他们为了吸引女人,什么话都会说。一半都是假话。都他妈骗人的!回去吧,什么也别听进去。我唱你喜欢的歌。

苏菲在萨莉玛的脸颊上亲了一下。萨莉玛狠狠瞪了纳迪妈妈一眼,不情愿地回到醉酒的士兵身边。苏菲随即唱起歌。约瑟芬为哈拉里先生跳辣身舞。

苏　　菲　(唱)

"是的,再来一杯啤酒,我的朋友。
熄灭你的恐惧之火,我的朋友,
醉心于当下的愚蠢,
拂去一天的沉重。

因为
你来这里是为了忘记。
你说驱走所有的遗憾,
跳着舞就像这结局,
就像这战争的结局。
这结局,这结局,这结局,
这战争的结局。"

纳迪妈妈像鹰一样注视着萨莉玛,灯光渐渐暗下来。

第三场

早晨。

酒吧后面的生活区。破旧的木板和干草搭成的床。约瑟芬的床头挂着一张非裔美国流行歌手的海报。苏菲给萨莉玛涂指甲油,后者翻阅着一本破旧的时尚杂志。萨莉玛坐立不安,紧张不已。

萨 莉 玛 (不耐烦地)快点,快点,快点,苏菲。在她回来之前弄好。

苏　　菲 别动,好吗?不要动。她和哈拉里先生在一起呢。

萨 莉 玛 如果她发现我用她的指甲油,她会杀了我的。

苏　　菲 哎,得了吧,她没几天就会发现。

萨 莉 玛 那也别是今天。快点吧!(苏菲一不小心涂错了,萨莉玛拉开她的手)哎呀,姐姐,你看看你![斯瓦希里语]笨蛋!

苏　　菲 你还有意见是吧?

萨 莉 玛 没事。没事。我没意见。

　　　　　萨莉玛沮丧地站起来,走开。

苏　　菲 没事?你整个早上都说话冷冰冰的。别走开。我在跟你说话呢。

萨莉玛		"微笑，萨莉玛。说点好听的。"那些当兵的什么都不尊重。要是矿工，他们好办，他们想喝酒，想有个伴，就够了。但那些士兵，他们总是对你得寸进尺，而且——
苏菲		那人有没有做伤害你的事？
萨莉玛		你知道他说什么吗？他说有十五个赫玛人被打死在自己挖的矿坑里，泥浆那么厚，一下子就把他们吞没了。他说，有一个人把矿石吞下去，不让人抢走他的血汗，他们就用砍刀剖开他的肚子。他说，"让他知道偷东西的下场"。他这么吹着牛，好像我还应该祝贺他。然后他就上了我，做完后，他坐在地上哭了起来。他想让我抱着他，安慰他。
苏菲		那你呢？
萨莉玛		我不干，我就是赫玛人，苏菲。那些人里可能就有我哥哥。
苏菲		千万别说这种话。

萨莉玛被这种可能性攫住了。

萨莉玛		我……我……想我的家人。我的老公。我的宝宝——
苏菲		别说了！咱们说好了的，不再提这些了。
萨莉玛		我就是想起碧翠丝，她多喜欢吃香蕉。我这么喂她，我把香蕉捏在手指缝里，让她吮，她会露出

一副可爱的表情。真可爱。真可爱。（激动）可爱！可爱！

苏　　菲　嘘！小点声。

萨　莉　玛　请让我叫我宝宝的名字，碧翠丝。

苏　　菲　嘘！

萨　莉　玛　我想回家！

苏　　菲　好了，看着我，如果你离开这儿，你能去哪里？去哪里？睡在丛林里？在臭气熏天的难民营里找吃的吧。

萨　莉　玛　但我想——！

苏　　菲　想什么？再被扔到外面？你要去哪里，你说？你老公？你们村？他们原来对你有多好？

萨　莉　玛　（伤心）你为什么这么说？

苏　　菲　对不起，可你知道这是实话。现在正在打仗，一个女人单独行动不安全。你清楚得很！现在这样更好。

萨　莉　玛　你，你又不用跟他们在一起。有时候，他们的手带着怒火，碰到我就会疼。今晚，我望着你唱歌，你就像一只太阳鸟一样快乐，伸手一碰就能飞走。

苏　　菲　你这么觉得？当我唱歌的时候，我在祈祷痛苦会消失，但那些人对我做的事还是活在我的身体里。我每走一步，都能感觉到他们的存在。这是我的命。我一辈子都会这样。

萨莉玛触摸苏菲的脸。

萨 莉 玛　我怀孕了。

苏　　菲　什么？

萨 莉 玛　我怀孕了。我不能告诉妈妈。

泪水充满了她的眼睛。苏菲拥抱萨莉玛。

苏　　菲　怎么会……别哭，别哭。好了，好了。

苏菲放开萨莉玛。

萨 莉 玛　我不能告诉妈妈，她会把我赶出去。（苏菲在篮子里翻出一本书）你干什么？

苏　　菲　嘘。小声点。我想给你看点东西，看。

苏菲从书页之间抽出些钱。

萨 莉 玛　苏菲？

苏　　菲　嘘。这是留给咱们的。咱们不会永远待在这里，明白吗？

萨 莉 玛　你从哪儿弄到的钱？

苏　　菲　别担心，妈妈是很有能耐，但她账查得不紧。等钱攒够了，咱们就坐车去布尼亚。我保证。但你得把嘴巴关严了，即使对约瑟芬也不能说。好吗？

萨 莉 玛　但是，如果妈妈发现你——

苏　　菲　嘘。她不会的。

　　　　　　约瑟芬衣衫不整地走进来，一屁股坐到床上。

约　瑟　芬　你们俩在嘀嘀咕咕什么呢?

苏　　菲　没什么。

　　　　　　苏菲把指甲油和书藏在床垫下面，把时尚杂志放回约瑟芬的床上。

约　瑟　芬　天啊，我快饿死了。我还以为你会给我留点大蕉糕①呢。

苏　　菲　我留了，我把它放在布盖着的架子上。

萨　莉　玛　我猜一定又是那只死猴子。小畜生。

约　瑟　芬　不是猴子，是埃米琳家的小鬼。他就不是个好东西。如果那孩子是我的，他的屁股早开花了。（约瑟芬脱掉她的衬衫，露出一条巨大狰狞的黑色伤疤，横跨她的肚子。她试图掩饰它。苏菲的目光被疤痕所吸引。对萨莉玛）但是，如果是你偷了我的晚餐，别以为我不会发现。不是只有我一个人注意到了，吃一样的东西，你倒胖起来了。（对苏菲）你看什么?（过了片刻）什么也别问。把我的衣服挂起来! ［斯瓦希里语］快!

　　　　　　苏菲把约瑟芬的衬衫挂在钉子上。

---

① fufu，非洲传统主食，由木薯、甘薯或熟香蕉捣成面团状制成。

萨 莉 玛　喊。

约 瑟 芬　你有什么问题?

萨 莉 玛　没有。喊。

> 约瑟芬疑惑地嗅着空气。然后穿上传统的彩色裹身衣。过了片刻。萨莉玛坐回床上。约瑟芬注意到她的杂志在床上。

约 瑟 芬　嘿,妹子,为什么我的时尚杂志在这里? 嗯?

萨 莉 玛　我……我拿来翻了翻。

约 瑟 芬　你有什么好翻的? 你识字吗?

萨 莉 玛　哎,你闭嘴,我爱看图。

约 瑟 芬　得了吧,妹子,你看了十几遍了。昨天看的不也是这些?

萨 莉 玛　那你还怕我看?

苏　　菲　[斯瓦希里语] 别吵了。让她看看吧,约瑟芬。咱们别再争这个了。

约 瑟 芬　得。

萨 莉 玛　(小声) 贱人。

约 瑟 芬　什么?

萨 莉 玛　谢谢你。

约 瑟 芬　对,就该这么说。(约瑟芬把杂志扔给萨莉玛) 妹子,你手指脏兮兮地这么翻,我该收钱了。

> 约瑟芬咂咂嘴。

| 苏 | 菲 | 哎，让我们静静，她不舒服。 |

约 瑟 芬　不舒服？

> 萨莉玛闷闷不乐地翻着杂志，尽力忽略约瑟芬。

萨 莉 玛　我不读书的唯一原因是，我的妹妹上了学，而我找了好老公。

约 瑟 芬　那他人呢？

> 约瑟芬不理他，打开了挂在床上的便携式收音机。

播 音 员　[法语]本台得到消息，伦杜族武装匪徒和敌对的赫玛族组织正在为控制该市而战斗。

萨 莉 玛　他说什么？

苏　　菲　伦杜人和赫玛人，在布尼亚附近打仗。

> 约瑟芬很快扭动收音机转盘。播放着美国节奏布鲁斯音乐。她很快地比画了几个舞步，然后点上一支烟。

约 瑟 芬　嘿，嘿，知道吗？知道吗？我下个月要去基桑加尼。

苏　　菲　什么？

约 瑟 芬　哈拉里先生要带我去。看着吧，宝贝，他答应给我安排一间高层公寓。不要恨我，好东西都在城里。

苏　　菲　是真的吗？

约 瑟 芬　怎么的，你觉得我骗你？

苏　　菲　不，不，那太棒啦，约瑟芬。大城市。真好，那是什么样子的？你去过吗？

约瑟芬　我？……没有。没有。我知道你也没有。

萨莉玛　你怎么知道？你倒说说。我打算明年找时间去。我老公——

约瑟芬　（讽刺地）怎么，他要去市场上卖山药？

萨莉玛　我请你不要提我的家人。

约瑟芬　要是我提了呢？

萨莉玛　我这次是好心地请你。

约瑟芬认识到她话的分量。

约瑟芬　我已经听腻了你的家里事。

约瑟芬向萨莉玛喷了一口烟。

萨莉玛　再提他们，我一定打死你。

约瑟芬　是吗？

萨莉玛　是啊，你根本不知道自己在说什么。

约瑟芬　我不知道？行吧，挖矿的！我傻！我不知道！你比我们所有人都聪明，行了吧？你就是这么想的，是吧？［斯瓦希里语］蠢蛋。等着瞧，妹子。我不会怪你的，到时候你只会说"约瑟芬，你说得太对了"。

苏　　菲　都闭嘴！

约瑟芬　哼，我说完了。

　　　　　　约瑟芬做一个飞吻，然后倒在床上。萨莉玛被激怒了，开始向门外走去。

苏　　菲　萨莉玛，萨莉玛。

约 瑟 芬　（嘲讽）萨莉玛！

　　　　　　约瑟芬笑着倒在床上。

苏　　菲　你有什么毛病？萨莉玛招你惹你了？你真讨厌。

　　　　　　苏菲关闭收音机。

约 瑟 芬　嘿，小美人。

　　　　　　约瑟芬发出接吻的声音。

苏　　菲　别跟我说话。

约 瑟 芬　别跟你说话？你什么时候最大了？成天在这儿招摇，好像上帝只保佑你一个人似的。你好像忘了，这是个妓院，亲爱的。

苏　　菲　是的，不过，我不是妓女。

约 瑟 芬　不就是狗屎运。不好意思，我要说的咱们都清楚，你当妓女都不配。那么多男人上过你，你现在一毛钱也不值。

　　　　　　过了片刻，苏菲大受打击，转身默默地走了。

约 瑟 芬　我说得不对？

苏　　菲　……不对。

约 瑟 芬　我说得不对？

苏　　菲　……不对。

约 瑟 芬　我爸爸是酋长!(苏菲向门口走去,约瑟芬挡住了她)我爸爸是酋长!他是村子里最重要的人,那些当兵的打过来的时候,谁对我最好?啊?反正不是他的二姨太。"就是她!酋长的女儿!"也不是那些装作不认识我的胆小鬼。有没有人拿来一条毯子给我盖上?有没有人过来帮我?没有!你明白了吗?你才不是最特别的!

灯光渐暗。

第四场

　　黄昏。发电机嗡嗡作响。酒吧里好不热闹:矿工、妓女和政府军。欢声笑语。萨莉玛和约瑟芬与两名政府军士兵坐在一张桌子旁。苏菲唱歌。

苏　　菲　(唱)

"稀有的鸟儿在树枝上
唱一首少数人听到的歌。
几位耐心而遥远的听众。

听,它甜蜜的呼唤。
一声声在森林里回荡

一声声诉说着一个个故事。

和谐的故事，但遗忘了时光。

被人看到，就注定要死去，

它必须从罗网下逃离。

然而鸟儿

还在叫着，要让人听见。

然而鸟儿

还在叫着，要让人听见。

然而鸟儿

还在叫着，要让人听见。"

纳迪妈妈喂鹦鹉。

纳迪妈妈 你好，跟我说句话。饿了吗？饿了吗？

克里斯蒂安 妈妈！

妈妈被克里斯蒂安吓了一跳，她的脸显出光彩。

纳迪妈妈 啊，教授！

妈妈打开了几瓶汽水。克里斯蒂安把一盒巧克力和几盒香烟放在柜台上。音乐停止了，他开始吟诗。

克里斯蒂安 （朗诵）

"潮汐之舞。

日与月的角力。

冤家难解，昼夜之间的交换……"

等等等等。

抱歉，我给你带来了一首早期的诗，恐怕它正从我的记忆中溜走。我还是希望有一天你能听到音乐，和我一起跳舞。

纳迪妈妈　（不屑一顾）你这人真好笑。

妈妈递给克里斯蒂安一杯冰镇汽水，他向苏菲飞吻。

克里斯蒂安　太好了，亲爱的。我就在盼着这个。

纳迪妈妈　赶了这么远的路，也不想喝冰啤酒的人，我只认识你这一个。

克里斯蒂安　上次我喝酒的时候，短了自己几年的命。（纳迪妈妈递给他一张单子）这是什么？

纳迪妈妈　一张清单，上面的东西都是我知道你忘了给我带的。

克里斯蒂安检查清单。

克里斯蒂安　咦？你什么时候拼写这么好了？

纳迪妈妈　闭嘴吧你。苏菲替我写的。这女孩挺聪明的，帮了我不少忙。

克里斯蒂安笑。

克里斯蒂安　你看这不挺好的。你呀，你还想把她拒之门外。

纳迪妈妈　你说完了吗?（政府军士兵大笑起来）那些大兵只想吃得饱饱的，就是没想付钱。哼。（政府军大笑。调情地）教授，星期五我在盼着你，到底发生了什么事?

克里斯蒂安　我得送补给品给教会。你听说了吗？罗宾斯牧师失踪好几天了。（约瑟芬和一个政府军士兵笑）我告诉他们我会四处打听一下。

纳迪妈妈　那个白人牧师？我一点也不奇怪，他的嘴贱得很。教会没有他更好，那老东西做过的事情只有在你快死的时候，给你开一堆阿司匹林，要么就是一疗程的青霉素。

克里斯蒂安　听人说牧师在给受伤的反政府军士兵治病。

纳迪妈妈　（关切地）真的吗？

克里斯蒂安　我是这么听说的。那边的情况越来越糟糕了。

纳迪妈妈　什么时候开始的？

克里斯蒂安　上周。民兵正在争夺那块地区的控制权。几乎是不可能做到的嘛。

纳迪妈妈　亚卡-亚卡矿场怎么样了？打仗把矿工吓跑了吗？

克里斯蒂安　矿工我就不知道了，反正我是吓得够呛。（萨莉玛和矿工笑）我刚刚就在亚卡-亚卡旁边。六个月前我在那里的时候，那里还是一片森林，到处都是叽叽喳喳的鸟儿，现在看起来就像上帝用勺子从地球上啃去了一大口！如今每个昏了头的人都想去尝尝滋味。以前也有过疯狂的场面，亲爱的，但从来没有这么疯的。这里没有过。

纳迪妈妈 不说了。〔她被吓到了，但不想表露出来。她示意乐手们演奏一首欢快的歌曲（《稀有的鸟》）。这首歌轻轻地奏着。约瑟芬领着一个政府军士兵到后面去了〕总是要打要闹的，古代也好，如今也罢。我啊，我还是要感谢上帝赐予我亚卡-亚卡这样邋遢的深渊。在我的这间店，我尽量让每个人都开心。

克里斯蒂安 别自欺欺人了！

纳迪妈妈 哎，哎，教授，你担心我吗？

克里斯蒂安轻轻握住纳迪妈妈的手。

克里斯蒂安 当然了，亲爱的。我心底里还是个顾家的人。一个好爱人，宝贝。我们可以一起开个好生意。我有朋友在坎帕拉①，在巴马科②，甚至在巴黎，在那浪漫之都。

纳迪妈妈笑着从克里斯蒂安手中抽出手来。他的真情动摇了她。

---

① 刚果邻国乌干达的首都。
② 马里共和国首都，位于非洲西部。

纳迪妈妈　　你真……是个……笨蛋……伶牙俐齿的。你看看这里,我有自己的生意,我不会走的,为了一个不知道买新衣服的傻瓜。

克里斯蒂安　你太骄傲太固执了,你心里清楚。这套衣服很好,很时髦,谁管它旧不旧?还有……别装了,亲爱的,总有一天你会跟我跳支舞。

纳迪妈妈　　喝杯冰啤酒吧,它会把你的愚蠢冲淡一些。

克里斯蒂安　啊,啊,女人!酒不是我选择的舞伴。(克里斯蒂安做了几个诱人的舞步。就在这时,奥森本加司令,一个戴着深色太阳眼镜、金链子,穿着慢跑服的浮夸男人,大摇大摆地走进酒吧。他在皮背带里配着一把手枪。克里斯蒂安恭敬地点点头。他有一个穿制服的政府军士兵随从)先生。

奥森本加站在那里,好让人注意到。每个人都沉默下来。

纳迪妈妈　　(调情地)晚上好。

奥森本加　　很好。

他打量了一番这个地方。

纳迪妈妈　　您来点什么?

奥森本加　　给我一瓶冰镇的普利姆斯,一包烟,要新的。

纳迪妈妈为奥森本加准备了一把椅子,然后她到冰柜里找啤酒。

纳迪妈妈 先生,我得请你把子弹留在吧台,不然您不能进。

奥森本加 如果我不这么做呢?

纳迪妈妈手里拿着冰啤酒。

纳迪妈妈 那恕本店不能为您服务了。我不希望这里出任何乱子。您能理解?

奥森本加被她的坚韧打动,他笑了,带着男性的森严感。

奥森本加 你知道我是谁吗?

纳迪妈妈 恕我眼拙,恐怕您得提点我。而且还请见谅,您是谁都没用。只要您踏进我的门,你就算是在我家了。那就得客随主便。

奥森本加又笑了。

奥森本加 好,妈妈。是我冒犯了。(奥森本加夸张地从他的枪里取出子弹,并把它们放在桌上)谁说我不尊重法制?

约瑟芬笑着从后面跑进来。一个醉醺醺的政府军士兵追着她。他的裤裆拉链开着。

政府军士兵甲 长官,对不起。

奥森本加 别紧张,年轻人。别紧张。我们都下班了。我们在妈妈家里。

奥森本加坐下来,解开他的夹克。纳迪妈妈打开一包烟,递给奥森本加。

纳迪妈妈　先生,我不记得以前在这里见过你。

奥森本加　是没有。

> 纳迪妈妈给奥森本加点烟。

纳迪妈妈　什么风把您吹到我的客栈来了?

奥森本加　杰罗姆·基森贝,反政府军领袖。

> 奥森本加仔细盯着她的脸,判断她的反应。

纳迪妈妈　我知道他。我们都知道他。他的名字在这里每天要被说上好几遍。我们感觉到他的名声不大好。

奥森本加　所以,你认识他。

纳迪妈妈　不,我说我知道他。他的人控制着东边的道路和北边的森林。

> 奥森本加将注意力转移到每个人身上,仔细观察,怀疑着。

奥森本加　是这样吗?

纳迪妈妈　是的,不过这些您肯定都知道。

> 奥森本加对纳迪妈妈说话,但他显然是在对所有人说话。

奥森本加　这个杰罗姆·基森贝是个危险人物。你把他和他的叛军窝藏在你的村庄里。给他们食物,还说你在保护你的解放者。什么解放者?他能给人民什么?我倒想知道。他给了你什么,妈妈?嗯?新的住处?食物?和平?

纳迪妈妈　　要我说，我不需要男人给我任何东西。

奥森本加　　你可以开玩笑，但这个基森贝只有一个目标，那就是压迫你们，养肥自己，妈妈。（奥森本加越说越大声，越说越直白。酒吧里变得安静了）他会烧掉你的庄稼，抢走你的女人，让你的男人成为奴隶，所有这些都借着和平与和解的名义。不要相信他。他和像他一样的人，这些无法无天的民兵发动了一场邪恶的运动。他们所到之处都会留下灰烬。记住，他宣称拥有的那块土地，那是国家保护区，是人民的土地、我们的土地。但他会告诉你，政府已经拿走了一切，尽管我们实际上是在为民主铺路。

纳迪妈妈　　我知道，但政府得让他知道这一点。您呢，我只是头一次见。基森贝，我每天都能听到他的名字。

奥森本加　　那就听听我的名字吧。班加利瓦的指挥官，普雷斯蒂奇·德·本贝·奥森本加！［斯瓦希里语］敬畏死亡吧。（过了片刻。纳迪妈妈回味着新消息，她似乎真的被征服了。克里斯蒂安退到了吧台）从现在开始你会经常听到我的名字。

纳迪妈妈　　奥森本加指挥官，请原谅我不知道您的大名。［斯瓦希里语］欢迎。很高兴有这么重要的人物

	大驾光临。请允许我给您倒一杯本店最好的威士忌,来自美利坚。
奥森本加	谢谢。请用干净杯子。
纳迪妈妈	当然。(纳迪妈妈给奥森本加拿了一个威士忌酒杯,她做作地把浑浊的杯子擦得光亮。她给他倒了一大杯威士忌,并把酒瓶放在他面前。诱人地)[斯瓦希里语]请!我们会好好照顾来客。我们还提供女伴服务。干净卫生,不像其他地方。您在这里很安全。如果您有需要,任何需要,您——
奥森本加	你是个现实的女人,我知道你会关紧门,不把那些叛军狗放进来。我说得对吗?
纳迪妈妈	当然。(奥森本加轻轻地握住纳迪妈妈的手。她默许了亲密接触。克里斯蒂安看在眼里。蔑视。嫉妒。一个矿工满身泥浆地进来)嘿,嘿,朋友。把你的手脚洗一洗,外面有桶。(矿工恼怒,退出)这些混蛋矿工怎么一点规矩都没有。每次都得我告诉他们。(克里斯蒂安坐在吧台前,生着气。奥森本加注意到了他。恭恭敬敬地)有任何需要,告诉我。
奥森本加	我会记住的。
	纳迪妈妈礼貌地把她的手从奥森本加手中抽出。

她向约瑟芬和萨莉玛招手，她们和奥森本加一起坐在桌子旁。政府军士兵哀叹了一声。

纳迪妈妈　姑娘们。

约 瑟 芬　长官。

约瑟芬把手放在他的膝盖上。

纳迪妈妈　失陪一下。

克里斯蒂安在纳迪妈妈经过时抓住她的胳膊。

克里斯蒂安　（小声）小心那个人。

纳迪妈妈　怎么了？在政府里有朋友总是好事，不是吗？

纳迪妈妈从政府军士兵的桌子上清理酒瓶。矿工重新走进来，坐在吧台前。

政府军士兵甲　再来一瓶。

纳迪妈妈　给我看看你的钱。（政府军士兵举起他的钱）苏菲！苏菲！你站在这里干什么？我说话的时候，钱在溜走。快，快。麻利点。两瓶啤酒。

苏菲打开两瓶啤酒，把它们送到政府军士兵面前。政府军士兵把钱放在桌子上。苏菲拿起钱，迅速地把它塞进衣服里。她没有意识到纳迪妈妈在看她。政府军士兵把她抓到腿上。克里斯蒂安保护性地起身。苏菲巧妙地从政府军士兵的腿上抽身，撤离。

克里斯蒂安　你没事吧？

苏　　　菲　没事。

　　　　　　　克里斯蒂安自嘲地笑了笑，点上一支烟。那个醉醺醺的政府军士兵趴在克里斯蒂安旁边。

政府军士兵甲　你好吗，老爹？

克里斯蒂安　很好，谢谢。

　　　　　　　政府军士兵盯着克里斯蒂安。

政府军士兵甲　你给我一支烟，我的朋友？

克里斯蒂安　对不起，这是我最后一支。

政府军士兵甲　是吗？你去，给我买烟。

克里斯蒂安　什么？

政府军士兵甲　（耀武扬威）给我买烟！

克里斯蒂安　当然可以。（克里斯蒂安不情愿地掏着口袋，把钱放在柜台上。纳迪妈妈把烟放在柜台上。政府军士兵得意地捞起它，然后走了）还有呢？谢谢？

　　　　　　　政府军士兵停下脚步，凶狠地盯着克里斯蒂安。

奥森本加　士兵，让这位好先生看看，丛林并没有让你丢失风度。

　　　　　　　过了片刻。

政府军士兵甲　谢谢。

　　　　　　　克里斯蒂安向指挥官致意。

奥森本加　不客气。

　　　　　　　政府军士兵恼羞成怒地把矿工从他的座位上赶

走。矿工退了出去。克里斯蒂安感激地对奥森本加点头致谢。奥森本加微笑着，向纳迪妈妈示意。

纳迪妈妈 在，司令。

奥森本加 他是谁？

纳迪妈妈 过路人。

奥森本加 他是干吗的？

纳迪妈妈 推销员。他什么都不是。

奥森本加 我不信任他。

纳迪妈妈 您觉得他很危险吗？

奥森本加 在跟我喝过酒之前，每个人在我看来都很危险。给他一杯威士忌，告诉他我希望他在这里生意兴隆。

纳迪妈妈倒了一杯威士忌，然后走到克里斯蒂安身边。

纳迪妈妈 好消息，你交了一个朋友，司令请你喝一杯威士忌，祝你生意兴隆。

克里斯蒂安 你很大方，但你知道我不喝酒。请转告他，谢谢，心领了。

过了片刻。

纳迪妈妈 司令请你喝酒。（纳迪妈妈把杯子放在克里斯蒂安的手里）向他举杯，微笑。

克里斯蒂安 谢谢你,但我不喝酒。

纳迪妈妈 (小声)你今天一定得喝。你要把他请的这一杯喝得精光,他要是再请你喝一杯,你也要喝光。你会一直喝到他决定你已经喝够了为止。

克里斯蒂安看着微笑的奥森本加。他对着对面的奥森本加举起酒杯,凝神屏气良久。

奥森本加 喝吧!

政府军鼓动着克里斯蒂安。

克里斯蒂安 我——

纳迪妈妈 求你了。他是大人物。他请你喝,你就得喝。

克里斯蒂安 求你了,妈妈。

纳迪妈妈 他可以帮咱们,也可以给我们找麻烦。你自己决定。记住,你不踩狗的尾巴,狗就不会咬你。

奥森本加 喝吧!(克里斯蒂安很紧张,慢慢地、艰难地把酒喝下,瑟瑟发抖。奥森本加笑了,示意纳迪妈妈再给他倒一杯。她照做。政府军为克里斯蒂安欢呼)很好。祝你身体健康,财源广进!

克里斯蒂安看着第二杯酒,奥森本加鼓励他喝下去。克里斯蒂安紧张地喝下第二杯威士忌,打了个寒战。奥森本加笑了。士兵们欢呼起来。纳迪妈妈又给他倒了一杯。

克里斯蒂安 别再逼——

纳迪妈妈　　相信我。

　　　　　　她把杯子放在他手里。克里斯蒂安走到奥森本加的桌前。我们不知道他是要把酒泼到奥森本加的脸上，还是要向他敬酒。他使劲把酒往空中一洒。灯光熄灭。

第五场

早晨。酒吧。

苏菲念着一本爱情小说中的几页。约瑟芬和萨莉玛坐在一旁听着，津津有味。

苏　菲　　（朗读）"其他人已经离开了聚会，只剩下他们。她现在痛苦地意识到，他们俩的关系只剩下了那个吻。当他依偎在她怀里时，她感到自己僵住了。她前臂上的毛发都竖起来了，房间突然温暖了好几度。"

约瑟芬　　啊，亲她！

萨莉玛　　嘘！

苏　菲　　"他的唇碰到了她的唇。她能尝到他的味道，闻到他的味道，一下子她的身体充满了——"

　　　　　　纳迪妈妈拿着储物箱进来。苏菲把书藏到背后。

纳迪妈妈一把抓过来。

纳迪妈妈 这是什么?

苏 菲 ……爱情小说,克里斯蒂安舅舅买的。

纳迪妈妈 爱情小说?

苏 菲 是的。

纳迪妈妈检查书,女人们用眼神恳求她不要把书没收。

纳迪妈妈 约瑟芬,后面缺水了,萨莉玛,院子等着你扫。

萨莉玛 啊,妈妈,让她读完这一章。

纳迪妈妈 学会顶嘴了?你们还不够格。过来,快点。(萨莉玛不情愿地走到纳迪妈妈身边。纳迪妈妈抓住她的手腕,用手抚摸着萨莉玛的肚子)在这里过得滋润啊。你越来越胖了!

萨莉玛 我没有注意到。

纳迪妈妈 我可注意到了。(萨莉玛吓坏了,不知道纳迪妈妈会怎么做。就在这时)你昨晚做得很好。

萨莉玛 谢谢。

纳迪妈妈把书扔回给苏菲。

约瑟芬 你不喜欢爱情故事吗,妈妈?

纳迪妈妈 我?不喜欢,因为我已经知道结局了。不就是亲嘴,上床,出轨,然后女人瞎了眼,把心交给一个不值得托付的人。好了。起来。起来。喂。喂。

苏菲，等一下。

萨莉玛拿起扫帚下场。

约 瑟 芬　（指着苏菲）她呢？她怎么从来不用去打水？

纳迪妈妈　我要苏菲帮忙。

约 瑟 芬　啧！

纳迪妈妈　你有意见吗？你会算账？

约瑟芬瞪了苏菲一眼。苏菲不理会。纳迪妈妈笑了。萨莉玛把头探进门里。

萨 莉 玛　妈妈。转角有人来了。

纳迪妈妈　（惊讶）这么早？

约 瑟 芬　哼！又是个管不住自己下半身的臭矿工。

萨 莉 玛　不是，我觉得是哈拉里先生。

约瑟芬跑到门口。萨莉玛微笑，跟苏菲开玩笑。

约 瑟 芬　什么？

萨 莉 玛　"跟我到城里去吧，亲爱的。"

约 瑟 芬　羡慕嫉妒恨！

苏　　菲　"我要在黎巴嫩给你买一座宫殿，亲爱的。"

这句话逗得女人们都笑了。

约 瑟 芬　哎，哎，至少我有个能好好服侍的人。他回来了。（约瑟芬诱人地走近苏菲，紧紧地抓住她）逗吧，笑吧，小妞，我们都知道，男人都想要一个完整的女人。

苏　　　菲　好了，停——
约　瑟　芬　他想要她打开自己，让他释放出来，他想把整个世界都倾泻在她身上。
苏　　　菲　我说停！
约　瑟　芬　你能成为那样的女人吗？
纳迪妈妈　别招她了，去打水！
约　瑟　芬　我是长女！我爸是酋长！
纳迪妈妈　是，我爸还不知道是哪个家伙，掏钱给了我妈！酋长也好，农民也好，谁在乎你呢？打水去！（过了一会儿。约瑟芬走了，萨莉玛也跟着走了）赏约瑟芬一个耳光，她就不会再烦你了。（纳迪妈妈把储物箱放在桌上）来。数一数昨晚的钱。我看看生意怎么样。（苏菲打开储物箱，举起来。纳迪妈妈熟练地把水掺进威士忌酒瓶里）我不知道这些人是从哪儿冒出来的，不过我很满意。

苏菲掏出钱、一条破旧的丝带，还有一块小石头。

苏　　　菲　你为什么要留着这块鹅卵石？
纳迪妈妈　那玩意？看起来什么都不像。有个笨蛋把它给我，换了一夜快活，以及四瓶不够冰的啤酒来解渴。他说他会回来拿的，他会给我钱。这可是一块钻石原石。他大概花了半年的时间才从泥里淘出来，还答应他傻乎乎的老婆要买一辆中国的摩托和塞内加尔的布料。结果呢，这个不幸女人的梦想落到了我手上。

纳迪妈妈把石头放进她的储物箱。

苏　　菲　你要怎么处置它？

纳迪妈妈嘿嘿笑了。

纳迪妈妈　处置？哈！（*纳迪妈妈大口喝下一杯加水的威士忌*）味道还是像威士忌。我不知道，但只要他们傻乎乎地把东西送上门，我就会一直收。我妈教我，你可以跟在大家后面，吃一嘴灰尘，也可以走在前头，从看不到头的荆棘丛中闯出路来。你的脚可能会流血，但你闯出了自己的天地，而不是等着吃别人吃剩下的。这片土地是肥沃的，很多方面也是有福的，不是只有男人才有资格享受它的恩惠。

苏　　菲　但如果那个人回来拿他的石头呢？

纳迪妈妈　很多人都会把它卖掉，然后溜走。但这是我的保险单，它让我不至于变成那些人。你的心底一定有一部分是战争无法触及的。如果他回来，东西还会在这儿。很可惜，我是为那个蠢女人保管着它。你问得太多了。生意怎么样？

苏　　菲　很好，如果我们——

纳迪妈妈　我们怎么样？

苏　　菲　啤酒钱涨一点,多收几个法郎,到年底,你就可以买一台新的发电机了。

纳迪妈妈　哦?一台新的发电机?很好,算得挺快的。你把昨晚的账都算完了?

苏　　菲　算完了。

纳迪妈妈　你的小费呢?

苏　　菲　也算了。

纳迪妈妈　算了吗?(过了片刻。纳迪妈妈抓住苏菲,手伸进她的衣服里,掏出一沓钱)这是你的吗?

苏　　菲　是的,我——

纳迪妈妈　告诉我,你打算用我的钱做什么,因为那是我的钱。

苏　　菲　我——

纳迪妈妈　我我我——我什么?

苏　　菲　不是您想的那样,妈妈。

纳迪妈妈　"把她留下吧,给她口吃的。"是你舅舅求的我。我应该怎么做?我相信了你。每个人都说,她是个扫把星,可我认为这姑娘聪明伶俐,纳迪妈妈我可能不再需要一个人打理一切。你能读书,你说话像白人一样好听——你就想变成这样的人吗?

苏　　菲　对不起,妈妈。

纳迪妈妈	不用了，不用了，我就把你这小蹄子赶出去。我就让你光着身子走在大街上，让每条流浪狗分你一块肉吃，你就想要这样，对吗？你以为你可以拿我的钱做什么！？

纳迪妈妈抓住苏菲，把她拉到门口。

苏　　菲	妈妈！求您了！……
纳迪妈妈	你想走是吗？是吗？是吗？那就走吧！走！（苏菲挣扎着，惊恐万分）我就知道。（停一拍）告诉我，你打算干什么？
苏　　菲	有个过路的女人说她可以帮我。她说有一种给女孩做的手术。
纳迪妈妈	你别想骗我。
苏　　菲	听我说，听我说，您听我说，他们可以把伤口修复。

过了片刻，纳迪妈妈放开苏菲。

纳迪妈妈	手术？
苏　　菲	是，她给了我这本小册子。您看，您看。
纳迪妈妈	可以把它弄好？
苏　　菲	是的。

纳迪妈妈把钱放进她的储物箱。

纳迪妈妈	哼。恭喜你！你是第一个敢从我这里偷东西的丫头。（笑）你的书呢？
苏　　菲	在我床底下。

纳迪妈妈　去拿给我。我比你想象的更了解你,丫头。

灯光渐暗。

第六场

吧台。晨光洒入。约瑟芬与一个醉酒的矿工撕扯。她终于设法把他推出酒吧,然后退到后面。萨莉玛迅速从柜台下偷拿食物。她把大蕉糕塞进嘴里。那只鸟吱吱地叫着,好像要告发她。

萨　莉　玛　嘘!嘘!(克里斯蒂安风尘仆仆急匆匆地冲进酒吧)教授!

克里斯蒂安　叫妈妈来!

萨莉玛迅速下场。克里斯蒂安踱着步。纳迪妈妈进来。

纳迪妈妈　(她眼神亮了)教授!(停一拍)怎么,怎么回事?

克里斯蒂安　那个白人牧师死了。

纳迪妈妈　什么?

克里斯蒂安坐下,又马上站起来。

克里斯蒂安　他死了一个多星期,才有人发现他的尸体。他离小教堂只有一百米。厨师说是奥森本加的手下干的。他们说牧师在帮助叛乱分子。他们把他砍得面目全非，把他眼睛和舌头挖了出来。

他被这个念头弄得反胃。

纳迪妈妈 牧师？听到这个消息很遗憾。

纳迪妈妈给自己倒了一杯威士忌。

克里斯蒂安 我可以要一杯吗？

纳迪妈妈 你确定？

克里斯蒂安 给我吧，妈的！（纳迪妈妈迟疑地给克里斯蒂安倒了杯酒，她盯着他看）干吗？（他把酒大口喝下去）警察说没有目击者。没有人看到什么东西，所以他也无能为力。他说，把他埋了吧。让我来？我几乎不认识这人，和他共事多年的人都哑巴了，没有人知道什么。他被人宰了，也没有人知道什么。

纳迪妈妈 别激动。

克里斯蒂安 那些什么都不懂的乡下孩子，左右还分不清，穿上军服，突然就来决定咱们的命运了。［斯瓦希里语］像这样的事情我不能接受，妈妈！一点都不能。我不能，就是不能。再给我来一杯。

纳迪妈妈 芬达是冰的。

克里斯蒂安 我不想喝芬达。（纳迪妈妈走到柜台后面，不情愿地又给克里斯蒂安倒了一杯。当他把酒喝掉时，

|||他的手微微颤抖着）他们杀了一个白人。你知道这意味着什么吗？一个传教士。他们杀我们也不会犹豫的。

纳迪妈妈　死了个牧师也就只是多了一个死人，这里的人每天都能见到。我现在管不了这些。我有十个姑娘要养活，还有生意要做。

纳迪妈妈把脸埋在手掌里，沉浸在情绪中。

克里斯蒂安　咱们往西走吧，那里没事。就咱俩。咱俩。我们会开一个小店。有吃的，有喝的，有人跳舞。跟我一起去吧，妈妈。

纳迪妈妈没有被说服。克里斯蒂安伸手去拿那瓶威士忌，纳迪妈妈把它夺走了。克里斯蒂安猛砸了一下吧台，去到一张桌子前。与此同时，两个男人——福金和西蒙，默默地走进来，他们疲惫不堪，衣衫褴褛。他们拿着破旧的步枪，穿着肮脏、不合身的军服。福金还带着一个铁锅。男人们非常紧张，这让纳迪妈妈感到不安。

纳迪妈妈　二位？

福　　金　这是纳迪妈妈的客栈吗？

纳迪妈妈　是，我就是纳迪。你们要点什么？

福　　金　我们要吃的，还有啤酒。

纳迪妈妈　好的，没问题。我有鱼和昨夜剩下的大蕉糕。

福　　　金　行。好。好。

纳迪妈妈　是凉的。

西　　　蒙　给我们上。

>　纳迪妈妈怀疑地看着男人。克里斯蒂安瞪着他们。

纳迪妈妈　请不要生气,但我要看看你们的钱。(福金从口袋里拿出一沓破旧的钞票,他们坐下来)清空你们的武器。

>　男人们犹豫不决。

西　　　蒙　不行,我们的武——

纳迪妈妈　这是规矩。如果你们想吃饭的话。

>　男人们不情愿地从枪上取下弹夹,递给纳迪妈妈。

福　　　金　(对克里斯蒂安)早上好。

克里斯蒂安　早上好。

西　　　蒙　你有地方让我们洗漱吗?

福　　　金　要不我们去后面?

>　过了片刻。

纳迪妈妈　(怀疑)我可以给你们端一盆水。

>　他们坐在桌前。苏菲进入。看到克里斯蒂安以及西蒙和福金,她很惊讶。

苏　　　菲　舅舅。

克里斯蒂安　你好,亲爱的。

　　　　　　　她对两个男人充满戒心。

苏　　　菲　怎么了——

克里斯蒂安　嘘。我没事。

　　　　　　　苏菲注意到他语气中的小心翼翼。

福金/西蒙　早上好，你好吗？

　　　　　　　男子礼貌地起身。

苏　　　菲　早上好。

　　　　　　　男人们坐下。

纳迪妈妈　用盆子打点水来。

福　　　金　麻烦了。（苏菲拿着盆子离开，而纳迪妈妈则端着啤酒）谢谢你。

纳迪妈妈　你们从东边来？

福　　　金　不是。

纳迪妈妈　农民？

福　　　金　不！我们是军人！我们的长官是奥森本加司令！

　　　　　　　苏菲端着装满水的盆子回来，但克里斯蒂安示意她离开。克里斯蒂安越来越紧张。他像鹰一样观察着这些人。

纳迪妈妈　别激动。我没有要冒犯两位长官。但你们看起来像好人，不是惹事的人。

　　　　　　　福金似乎不愿意说话。

西　　　蒙　我们——

福　　金	我听说这里有个叫萨莉玛的女人。是真的吗？
克里斯蒂安	这里——

克里斯蒂安正要搭腔，纳迪妈妈打断了他。

纳迪妈妈	怎么了？是谁找她？
福　　金	她在这里吗？我问你，她在这里吗？
纳迪妈妈	我想请您注意一下语气，先生。
福　　金	行行好，我在找一个叫萨莉玛的女人。
纳迪妈妈	我得进去问问。

克里斯蒂安和纳迪妈妈交换了一个眼神。

福　　金	她从卡利吉利来的。她的右脸上有一个小疤痕。就是这样。
纳迪妈妈	这里有很多女人来来往往。我去打听一下。我可以说谁在找她吗？
福　　金	福金，她的丈夫。

克里斯蒂安注意到这一信息。

纳迪妈妈	失陪。我去里面问问。

纳迪妈妈下场。克里斯蒂安埋头喝酒。

西　　蒙	我们会找到她的，福金。喝吧。你上次喝冰啤酒是什么时候？
福　　金	我不渴。

西蒙喝酒。

西　　蒙	啊，真爽。好酒啊，老哥。

　　　　　　　福金不感兴趣。

福　　金　快点吧，快点吧，她在哪里？
西　　蒙　耐心点。老哥，如果她在这里，我们会找到她的。
福　　金　为什么要这么久？
西　　蒙　放松点。
福　　金　你也听到了吧，路上的人怎么描述的萨莉玛。就是她。（西蒙笑）干吗？

　　　　　　　福金来回踱步。

西　　蒙　你每次都这么说。可能是她，也可能不是她。我们已经走了几个月，每个村子都有一个萨莉玛。你都说肯定是她。行了，别——

　　　　　　　纳迪妈妈重新上场。

纳迪妈妈　这里没有叫萨莉玛的。
福　　金　（吃惊）什么？她在这里！她在这里！
纳迪妈妈　对不起，你搞错了。
福　　金　萨莉玛！萨莉玛！
纳迪妈妈　我说了她不在这儿。
福　　金　你这个骗人的巫婆！萨莉玛！
纳迪妈妈　你再怎么骂我，这里也没有萨莉玛。我猜，可能你要找的女人已经死了。
福　　金　她在这里！妈的，她在这里。

　　　　　　　福金掀翻桌子。纳迪妈妈抄起一把砍刀。克里斯蒂安挥舞着威士忌酒瓶,像拿着一把武器。

纳迪妈妈 对不起,我说了她不在这儿。如果你还要闹,我会奉陪到底。

西　　蒙 我们不想惹事。

纳迪妈妈 那就走。出去!滚出去。

福　　金 告诉萨莉玛,我会回来找她的。

福金出门,西蒙跟上。鸟儿大声吵闹。克里斯蒂安用眼神责备纳迪妈妈。灯光暗。

第一幕终

第二幕

•

第一场

福金穿着不合身的军服,站在酒吧外,就像一个守卫城门的古罗马百夫长。

约瑟芬挑逗着两个喝醉的政府军士兵和一个矿工。吉他弹奏声。鼓声。纳迪妈妈和苏菲在唱一首舞曲。哈拉里先生和克里斯蒂安观看。节日的气氛。

纳迪妈妈 (唱)

"嘿,嘿,先生,

来玩吧,先生,

嘿,嘿,先生,

来玩吧,先生,

嘿,嘿,先生。

来玩吧,先生。

刚果的天空电闪雷鸣,子弹如地狱之雨般飞来。

野花枯萎,森林衰败。而我们在这里倾倒香槟。"

纳迪妈妈和苏菲 (唱)

"因为当饥饿的狮子醒来,

　　　　战士们难见和平,

　　　　但当狮子睡着,

　　　　战士可以自由纵情。"

苏　　菲　（唱）

　　　　"将你的疲惫放在我的肩上,

　　　　扫去你心中的仆仆尘土。

　　　　村民们死去,士兵们却越来越大胆。

　　　　当世界崩塌的时候,我们在轻歌曼舞。"

纳迪妈妈和苏菲　（唱）

　　　　"因为当饥饿的狮子醒来,

　　　　战士们难见和平,

　　　　但当狮子睡着,

　　　　战士可以自由纵情。"

　　　　鼓声打出了狂暴的节奏。约瑟芬用舞蹈来回应,开始时俏皮、诱惑,然后慢慢变得越来越狂热。她释放了她的愤怒、痛苦……释放了一切。男人们为她欢呼,人群的声音越来越大,要求越来越高。约瑟芬绝望地抓向空中,仿佛想攫住什么。她的舞蹈变得更丑陋、更疯狂。她突然停下来,不能控制自己。苏菲上前扶住她。

纳迪妈妈　（唱）

　　　　"嘿,先生

来玩吧，先生，

嘿，先生。

来玩吧，先生。

妈妈的店永远不会关门。

妈妈的店永远不会关门。

（远处的枪声，酒吧渐渐安静，片刻）

纳迪妈妈的店永远不会关门。"

灯光渐暗。

第二场

后面的房间。约瑟芬在睡觉。

纳迪妈妈进门，吃着柊果。萨莉玛迅速拉下衣服，遮住自己怀孕的肚子。

纳迪妈妈 （对萨莉玛）你要一直躲在这影子里吗？我这儿来了一个矿工，口袋鼓着，身子燥着。

萨 莉 玛 对不起，妈妈，可是——

纳迪妈妈 我需要你们中的一个去让他开心，让他知道他自己的辛苦没有白费。（纳迪妈妈咂了下舌头）快点。快点。

萨 莉 玛 （小声）可是……

纳迪妈妈　约瑟芬！约瑟芬！

约 瑟 芬　啊！为什么总是我？

> 约瑟芬起身，恼怒地下场。苏菲洗完澡进来。萨莉玛紧张地看向门口。

萨 莉 玛　福金还在外面吗？

纳迪妈妈　你老公？对，他还站在那儿，像根桩子一样杵在外面。我不喜欢闷不作声的男人。

萨 莉 玛　他总是这样。

纳迪妈妈　反正，我希望他不要在我的门口这样。

> 萨莉玛不自觉地笑了，然后说……

萨 莉 玛　他为什么不走？我不想让他看到我。

苏　　菲　在看到你之前，他不会走的，萨莉玛。

> 苏菲穿好衣服。

纳迪妈妈　哈，想干吗？这样他就可以再对你任意打骂？

苏　　菲　不会的。你想，他已经在外面待了两个晚上。如果他不爱你，为什么他还在那里？

萨 莉 玛　是吗？

纳迪妈妈　哼！你们两个都太傻了。他会看到你，爱会涌进他的眼睛，他会告诉你一切你想听到的，然后一天早上，我知道会怎么样，他将开始问一些让你开不了口的问题，而他接受不了你的答案。无论你说什么，他都不会满意。我知道的。还有亲爱的，看着我，你能告诉他真相吗？嗯？我们知道答案，不是吗？他爱的女人已经死了。

苏　　菲　不是这样的。他——

纳迪妈妈　他丢下她不管了。（过了片刻，纳迪妈妈的话一锤定音）想想。这是你的家了。妈妈会照顾你的。但如果你想回去，就去吧，但是他们，你们村子，你们那儿的人，他们不会接受你的。哦，他们肯定说他们会接受你，可是他们不会。因为，你知道，到头来，他们会想，"她是毁掉的人，她被太多的男人玩过，她让他们，那些肮脏的男人，摸了她。她是一个妓女"。萨莉玛，你有足够的力量去承受他们的仇恨吗？这会是你遭遇过的最糟糕的事情。

苏　　菲　但是他——

纳迪妈妈　不是我残忍，可是你那段单纯的生活，你记得的那段……对，你喜欢的那个生活……它看不见也抓不着，亲爱的。它消失了。（泪水涌出萨莉玛的眼睛）好了，乖，别哭了。我们要让自己的脸蛋漂漂亮亮。我会让他走的。好吗？好吗？

萨莉玛　好。

纳迪妈妈　我们会让他走的。好吗？

萨莉玛　好。

苏　　　菲　　不好,妈妈,求你了,至少让她和他说说话吧。他想带她回家。

纳迪妈妈　　你看了太多爱情小说,小说里每件事都可以用一个吻来原谅。说得够多了,我这矿工还在等着呢。所以,快来吧,你们出一个人!

纳迪妈妈怀疑地看着萨莉玛的肚子,然后离开了。

苏　　　菲　　如果你不想见他,那至少出去告诉他。他在外面的雨里苦苦等了两天,他不会走的。

萨　莉　玛　　让他等。

苏　　　菲　　去,跟他谈谈。可能你会有不同的感觉。

萨　莉　玛　　他不知道我怀孕了。他一看到我,又会恨我的。

苏　　　菲　　你怎么知道?他这么远都来了。

过了片刻。

萨　莉　玛　　笨蛋。他为什么要来?

苏　　　菲　　你整天说的都是想离开这里的话。跟他走吧,萨莉玛,离开这个鬼地方!走吧!

萨　莉　玛　　他说我是一条肮脏的狗,说是我勾引别人。不然还能说为什么?在树林里的五个月,在那些当兵的中间传来传去,就像一块破抹布。把我榨干了。我被他们的手指捏成了毒药,这是他说的。他没有办法,只能丢开我,因为我让他丢脸。

苏　　菲　　他很痛苦。那是自尊心作怪。

萨　莉　玛　你为什么要帮他说话!？那你跟他走啊!

苏　　菲　　我不是帮——

萨　莉　玛　你知道那天早上我在做什么吗？我在我们的果园里干活，摘最后一茬甜番茄。我把碧翠斯放在一棵橘子树的树荫下。因为我的背不舒服。原谅？福金在哪里？他在镇上买一口新铁锅。"走吧，"我说，"去吧，今天就去，当家的，不然你今晚就没饭吃！"我为了买新锅已经催了他一个月。终于那天，那个死鬼得去买锅了。一口新锅。太阳快要爬上山顶了，但我还得再干一个小时，在天太热之前。天空那么晴、那么亮。有只漂亮的鸟儿，是一只孔雀，到果园里来跟我臭美，炫耀它的羽毛。我弯下腰，对着鸟儿吹口哨，"嘘，嘘"。我感觉到一个影子从我背上闪过，我站起来的时候，有四个人包围了我，微笑着，邪恶的学生的微笑。"什么事？"我说。那个高个子的兵把枪托砸在我的脸上。就这么一下子。太快了，我都不知道自己已经倒在了地上。他们从哪里来的？我怎么会听不到他们的声音呢？

苏　　菲　　你不用这样——

萨　莉　玛　一个兵用脚把我踩住。他那么重，重得像一头牛，他的靴子已经裂开了，就像在雨里泡了几个星期。他的靴子压着我的胸口，皮革上的裂痕就像干枯的高粱。他的脚那么沉，我只能看到他的脚，其他人……"要"了我。我的孩子在哭。她是个好孩子。她以前从来不哭，可她在哭，在叫。"嘘。"我说。就在那时（萨莉玛闭上眼睛）一个兵用靴子踩了她的头。然后她就不出声了。（过了片刻。萨莉玛的情绪发泄出来）大家都去哪儿了？**大家都在哪里？**

苏菲抱住萨莉玛。

苏　　菲　　没事了，喘一口气。

萨　莉　玛　　我反抗了！

苏　　菲　　我知道。

萨　莉　玛　　真的反抗了！

苏　　菲　　我知道。

萨　莉　玛　　但他们还是把我从家里带走了。他们带我穿过树林，这些强盗。该死的恶魔！"她是大家共用的，正餐前喝的汤。"有人就这么说。他们把我的脚捆在一棵树下，想喝汤的时候，那些人就过来。我生火，做饭，我听他们的军歌，我扛子弹，我清理伤口，我洗他们衣服上的血，还有，还有……我躺在那里，他们把我撕成碎片，把我活活吃掉……五个月。像山羊一样被锁住。这些人在……为我们的解放而战。我闭上了眼睛还是看到可怕的事情。这些事情，让我脑子受不了。人怎么能这样呢？（过了片刻）天空那么晴、那么亮。那么那么美丽。我怎么会听不到他们过来的声音呢？

苏　菲　那些人在行军，我们正好在半路上。就这么回事。

萨莉玛　一只孔雀钻进了我的果园，番茄熟得正正好。我们地里的红高粱长得真好，会有个好收成。福金也是这么想的，我们终于可以考虑坐渡船去看他的弟弟了。啊，老天请让我回到那天早上。"别管锅了，福金。留下……留下。"我要这么跟他说。我怎么会卷入他们的争斗之中？我造了什么孽，苏菲？我一定是造过什么孽。

苏　菲　你在摘甜番茄，只有这些。你什么也没有做错。

苏菲亲吻萨莉玛的脸颊。

萨莉玛　这不是他的孩子。这是一个怪物的孩子，也不知道会变成什么样。现在，他愿意原谅我了，就这么简单吗，苏菲？但孩子出生后怎么办？他能原谅孩子吗？我能吗？而且，而且……而且就算我原谅了孩子，我也不认为我会原谅他。

苏　菲　你跟他说句话，才知道会不会。

萨莉玛	我走进我们家族的院子,等着人张开手抱住我。抱一抱我。五个月的苦。我每一秒钟都在遭罪。我的家人把头撇向一边。他呢,这个我十四岁起就爱着的男人,拿着藤条把我赶走。他把我的脚抽得生疼。我让他丢脸?他在哪里?去买锅了?他的心太硬,忍不了我的脏事……他的心又太傲,没法让那些事不再伤害我。让他在雨里等着吧。
苏 菲	你真的想这样?
萨莉玛	对。
苏 菲	他不会走的。
萨莉玛	那我可怜他。

灯光转成月光。

第三场

雨。月光。酒吧外。

福金站在雨中,姿态挺拔。音乐和笑声从酒吧里涌出。纳迪妈妈魅惑地站在门口。

纳迪妈妈	看天色,这雨不像是很快要停。我妈妈常说,"当心冷雨杀人,比箭雨更容易要人命"。
福 金	你为什么不让我见她?

纳迪妈妈　年轻人，你要找的女人不在这里。但如果你想找人陪你，我有的是人。你喜欢什么？我知道军人生活的难，我每天都能听到男人的故事。没有什么比一双温柔的手更好的了，可以拔出心里的刺，治好你的伤痛。

纳迪妈妈用手摸着自己的大腿，笑着说。福金厌恶地转过身去。纳迪妈妈笑了。

福　　金　请你告诉我妻子，我爱她。

纳迪妈妈　知道了，知道了。我以前也听过这样的话。你不是第一个来这里找自己老婆的。但是，长官，你确定这是你要找她的地方吗？

福　　金　请你把这个给她。

福金拿起一口铁锅。

纳迪妈妈　一口锅？

纳迪妈妈笑。

福　　金　是，帮个忙。给她就好。

纳迪妈妈　真有魅力。一口锅。你就这么赢得女人的心？你这年轻人挺帅的，看起来也正派。回去吧。照看好你的土地和你的母亲。

两个醉醺醺的政府军士兵从酒吧里跌跌撞撞地出来。

政府军士兵乙　再来一次，再来一次。

政府军士兵丙　闭嘴!那姑娘不要你。

政府军士兵乙　不对,她要我。她不知道自己要而已。放开我。

政府军士兵丙　我不碰你。

　　　　　　　喝醉的政府军士兵乙倒在地上,逗得另一个政府军士兵歇斯底里地笑。

纳迪妈妈　（对福金）回家吧。我说得够清楚了吗?

　　　　　　　纳迪妈妈走进酒吧。福金发火了。

福　　金　（对政府军士兵丙）白痴!把他扶起来!上帝在看着你。

　　　　　　　政府军士兵抬起他的朋友。西蒙气喘吁吁地跑到福金面前。约瑟芬仪态诱人地站在门口。

约　瑟　芬　哎!哎!别走这么快哎。你要去哪儿?

西　　蒙　福金!福金!

　　　　　　　两个政府军士兵消失在夜色中。

约　瑟　芬　回来!我给你看点好东西。来嘛,来嘛。

　　　　　　　约瑟芬笑。

西　　蒙　福金!司令在召集所有人。我们明天早上出发。

　　　　　　　民兵正向下一个村庄进发。

福　　金　那萨莉玛呢?我不能离开她。

西　　蒙　可我们有命令。我们必须走。

约　瑟　芬　（诱惑地）你好,宝贝儿。来跟我打个招呼嘛。

　　　　　　　西蒙的眼神亮了起来。

西　　蒙　老天帮帮我,她怎么这么诱人?(西蒙舔了舔嘴唇。约瑟芬挺动胯部,做了几个下流动作。福金憋住不笑)快点。让我拿点钱,我好进去和这个好妹妹谈一谈。快点,快点……快点,福金。你叫什么?

约 瑟 芬　约瑟芬。进来呀,宝贝。

福　　金　不要让女巫诱惑你。

西　　蒙　让我们尽情享受吧,老哥,今晚……至少让我再尝一尝快乐的滋味。就尝一尝。就尝一小口。快点,老哥,让我拿点钱。(西蒙笑。福金没有回应。约瑟芬笑着消失在里面。福金默默祈祷)你这样要到什么时候?啊?我们已经走过那么多地方了。现在也该想想,可能她已经死了。

福　　金　那就走!

过了一阵。西蒙沮丧地准备离开,随即又开口。

西　　蒙　这有什么用?你不能待在这里。叛军民兵正往这边来。如果他们发现你,会杀了你的。不管有没有找到她,我们都要在早上前离开这里。

福　　金　走开!

西　　蒙　你确定?你变得像埃马纽埃尔·布维扎一样了,他老婆在我们小时候在河里淹死了。记得吗?那个老家伙借酒浇愁,把自己喝成了废人。你想想,福金，他们在看你的笑话。大家都在说："这个人干吗不找别的女人？""他干吗还要追一个毁掉的女人？"

福金冲动地掐住西蒙的脖子。两个朋友扭打着。福金把西蒙松开了。

福　　金　（威胁）再说一遍！

西　　蒙　不是我说的。是部队里其他人。

福　　金　是谁？

西　　蒙　如果我告诉你，你要跟他们每一个人打吗？

福　　金　告诉我是谁！

西　　蒙　每个人。他妈的每一个人。行了吧。（福金放开西蒙）哥，［斯瓦希里语］见鬼！该忘掉她了。我是你堂弟，我跟你一起走了三个月，对吧？现在，我求你，别找了。该停手了。

福　　金　不，我祈祷过。

西　　蒙　别待在雨里了。我们进去，把最后的钱花光，然后把她忘掉。来吧，福金。让我们一醉方休。怎么样？怎么样？来吧。（西蒙试图将福金拖进酒吧。他拒绝了。福金怒气冲冲，向西蒙举起拳头）你要是恨，就恨那些抓走她的人吧。想想他们是怎么对你的，他们直接把手伸进你的口袋，把东西抢走。我和萨莉玛从小就认识。我和你一样爱她。她会希望你为她报仇。只有这个办法才能治好你的灵魂。

福金沉思着他的话。

福　　金　去杀人?

西　　蒙　对。

福金讽刺地笑。

福　　金　我们是农民。我们在做什么?他们叫我们开枪,我们就开枪。可是我们得到了什么?萨莉玛?更好的收成?没有,兄弟,我们离家越来越远。我想要我的老婆!

西　　蒙　司令下了命令,逃兵都得枪毙。

福　　金　你会杀我?

西　　蒙　这话一个月前我不会说,但我现在要说了。她不在了。

西蒙跑进黑暗中。福金站在酒吧外的瓢泼大雨中。枪声。是一场枪战。森林的声音。

第四场

酒吧。

克里斯蒂安,酒气熏天,憔悴不堪,在激动地讲着故事。他站在吧台边一点点品着啤酒。哈拉里先生、苏菲和纳迪妈妈站在周围急切地听着。

克里斯蒂安 （急迫）不是，不是，不是……听我说，听我说。我刚从那里来，是真的。我看到一个男孩，拿着一把砍刀对着一个人，割断他的脖子，一刀干净利落，然后把他的头像战利品一样举在空中。愿上帝为我做证。他们都在喊："我们同仇敌忾，我们所向披靡。我们奋勇杀敌！"

纳迪妈妈 嘘，小声点！

克里斯蒂安 妈的，我的手，我的手还在发抖。这个……这个奥森本加是魔鬼。他在玩弄民主。这个词我们都在谈。民主。有了机会，我们就朝邻居吐口水，为什么？因为他有牛，我没有。因为他是打鱼的，我不是。但是没有人有过民主，也不会有人有，除了像你这样的人，哈拉里先生，你们脑子灵，来去自如，什么也不用管。

纳迪妈妈 哎，别说了。

克里斯蒂安 可我们只能假装发生的这些破事没关系。我们打桶冷水把血迹洗掉，把墙刷干净。领导人告诉我们，遵循我的规则，你的生活会更好，他们的医生说，吃这个药，你的生活会更好，种下这些种子，你的生活会更好，读这本书，你的生活会更好，杀了你的邻居，你的生活会更好——

纳迪妈妈　打住。要说去外面说去。你知道我不许在这儿说这些。我的店门得向所有人敞开，这样才不会有麻烦。

克里斯蒂安　反正，总得有人说出来，不然怎么办？我们就这么听之任之，是吗？

纳迪妈妈　教授，够了！别说了。把哲学和大道理留给那些黑心政客去说吧。我是认真的！不许在这儿说了！

克里斯蒂安　总有一天，事情会找上门来的，妈妈。

纳迪妈妈　那我就关门好了。来这里的人是为了抛下他们在外面的烂摊子。也包括你，教授。（两个反政府军士兵从后面出现，衣服脱到了不同的程度。约瑟芬和杰罗姆·基森贝从后面进入。她给他扣上衬衫的扣子。他把她推开了）苏菲，把音乐打开。（苏菲打开收音机。刚果的嘻哈音乐播放。克里斯蒂安试图用酒挡住自己。苏菲站在吧台后面擦干酒杯。纳迪妈妈走过去招呼男人。鹦鹉叫了一声）基森贝上校，我希望我的姑娘们的陪伴让您满意。

基森贝　很满意。回来真好，纳迪妈妈。大家都去哪儿了？

纳迪妈妈　我也想问您呢。已经这样一个星期了。我只看到

      一小波矿工。我烤的面包都馊了。

基森贝 是奥森本加司令。他给我们造成了一些麻烦。

克里斯蒂安 他是个疯子！

基森贝 他的人放火烧了我们的几个矿区村庄。现在大家都逃进了树林深处。

纳迪妈妈 我看到树顶上冒烟。

反政府军士兵丙 教区。他们把所有东西都烧了，这样省子弹。

      苏菲喘着气，捂着嘴。

基森贝 他们拿着大砍刀，只要是能动的东西，看见就砍。这就是他们的正义。（基森贝坐在桌子旁。约瑟芬发现了哈拉里先生，她情感复杂）相信我，等我们找到奥森本加和他的同伙，我们会把他对我们的人民展示的"仁慈"双手奉还。这是他们应得的。我说得对吗？

克里斯蒂安 （不情愿地）您说得对。但是……

基森贝 对不起。没有别的办法。他们就是这样对我们的。我看你也同意吧，妈妈？

纳迪妈妈 当然了。

      酒吧里的每个人都变得不安起来，害怕基森贝强烈的不稳定的能量。他们几乎听不进他的言辞，而是专注于尽量不激怒他。杰罗姆对大家的讲话越来越激烈。

基森贝 他们说我们是叛军，我们不尊重法制……但我们还能怎么保护自己不受他们的侵犯？啊？我们怎么养家糊口？啊？他们从乌干达带兵来，把我们从自己的土地上赶走，把我们变成难民……然后在我们抗议或想保护我们自己的时候，把我们当成罪犯。我们怎么能让政府把我们最宝贵的土地送给比利时的公司呢？那是我们的土地。问问姆布提人①，他们可以仔细地描绘森林的每一寸土地，就好像那是自己的血肉。我说得对不对？

纳迪妈妈 为真相干杯！

基森贝对自己的话很满意，把一支烟放进嘴里。一个年轻的反政府军士兵迅速为他点燃。基森贝狠狠地盯着克里斯蒂安，克里斯蒂安把目光移开，紧张地举起酒杯。

克里斯蒂安 敬真相！

哈拉里先生借着这尴尬的沉默插话。

哈拉里先生 奥森本加已经关停了亚卡-亚卡矿？

基森贝 你是谁？

哈拉里先生 对不起，上校，我可以给您我的名片？

---

① 俾格米人的一支。

哈拉里先生递给基森贝他的名片，反政府军领袖仔细看着。

基 森 贝 哈——拉——伊？

哈拉里先生 哈拉里。是，请赏脸。让我请您喝一杯。（哈拉里先生示意苏菲把一瓶威士忌拿过来给基森贝）我主要经营矿石，也搞一点宝石，但我跟各个方面都有些联系。我的手机全天开机。

苏菲倒了两杯。

基 森 贝 谢谢你。

基森贝接过威士忌酒瓶，然后把卡片塞进口袋，打发了哈拉里先生。哈拉里先生退到一边。纳迪妈妈搂着基森贝的肩膀。

纳 迪 妈 妈 来吧，先生们。在这里，你们会得到战士的待遇。

基森贝向他的部下发出信号，他们跟着他走向门口。

基 森 贝 真希望我们能待上一整天，可惜公务在身。

纳 迪 妈 妈 不是吧！这么快？

纳迪妈妈向约瑟芬打个手势，她不为所动，还是坐在哈拉里先生的腿上。哈拉里先生紧张了。

哈拉里先生 （小声）去吧！

约 瑟 芬 不。

基森贝和他的手下拿起枪离开。过了片刻。众人如释重负。克里斯蒂安一拍大腿，站了起来。他现学现卖地模仿起反政府军首领的傲慢形象。

克里斯蒂安 姑娘。快，快。给我拿瓶啤酒来，让我和着奥森本加的血一起喝下。

苏菲和约瑟芬大笑，哈拉里先生情绪紧张，无法欣赏表演。

苏　　菲 是，上校。

克里斯蒂安 （模仿基森贝）女人，你是在称呼我为上校吗？

苏　　菲 是，上校。

克里斯蒂安 你不知道我是谁吗？从今往后，要叫我万事万物无懈可击勇冠三军大统帅。

苏　　菲 对不起，万事万物无懈可击——

克里斯蒂安 勇冠三军大统帅。你可别忘了！

克里斯蒂安滑稽地学起战舞。苏菲在柜台上拍出节奏。鼓手也加入进来。纳迪妈妈笑了。

纳迪妈妈 胡闹！

纳迪妈妈提着空瓶子到后面去了。大家视线外，威风凛凛的奥森本加司令和一个脸色阴沉的士兵劳伦特进来了。他们戴着黑色贝雷帽，穿着沾满泥巴的军装。过了片刻。克里斯蒂安突然停止了他的舞蹈。

奥森本加 你别停。继续。

克里斯蒂安	奥森本加司令。
奥森本加	继续。(克里斯蒂安接着跳完他的舞蹈,现在已经没有了活力和幽默感。奥森本加微笑着拍手。克里斯蒂安一直跳到奥森本加停止鼓掌,将他从舞蹈中解放出来。奥森本加向哈拉里先生礼貌地点头致意。两名士兵礼节性地将枪里的子弹清空)纳迪妈妈在哪里?
苏菲	她在后面。(大喊)妈妈!妈妈!
奥森本加	(疑惑地)我看到一辆卡车开走了?是谁的?

过了片刻。

克里斯蒂安	(说谎)呃……国际援助组织的。
奥森本加	哦?车不错啊。不便宜。八个气缸。
克里斯蒂安	是。
奥森本加	很耐用。看起来雨季也能上路。
克里斯蒂安	可能吧。

奥森本加表示认同。

苏菲	妈妈!
纳迪妈妈	叫我干吗呀?不知道我很忙嘛。(纳迪妈妈看到奥森本加时停了下来,她堆起一个温暖的微笑)奥森本加司令。[斯瓦希里语]欢迎。(紧张地)我们……您好吗?

纳迪妈妈看了看门。

奥森本加　实话实说，跑得我衣服都破了。两瓶普利姆斯，冰的，还有一包烟。（纳迪妈妈指挥苏菲去给男人们拿啤酒。奥森本加抚摸着纳迪妈妈的后背。她巧妙地拨开他的手）你今天看起来不错。

纳迪妈妈　您昨天看到我就好了。

奥森本加　我也希望昨天能看到你，但我有别的事要忙。

纳迪妈妈　是吗？我们听说你有些麻烦事。基森贝。

奥森本加　是这样传的吗？不是麻烦！就是一点小骚乱。不过你会很高兴地知道，我们即将消灭基森贝和他的民兵武装。他已溃逃，不会再给这里的人带来困扰了。

纳迪妈妈　是这样吗？

奥森本加　我猜，他往东走了。他需要经过这里。他逃不出我的手掌心。这是唯一可以通过的路。

纳迪妈妈　我看到树上有烟。

奥森本加　那个混蛋和他的亲信袭击了医院。

哈拉里先生　医院？为什么？

奥森本加　因为他们是弱智。鬼才知道。找药。吗啡。谁知道呢？他们把大部分赫玛族病人都抓起来杀了。（对苏菲）喷。喷。你，给我拿点花生来。（对纳迪妈妈）当时一片混乱。我们赶到的时候，发现医院的工作人员都被绑着双手，像牲口一样，被砍翻在地。

劳 伦 特　一个人的心被掏走了。

苏菲厌恶地捂住嘴。

纳迪妈妈　（厌恶地）什么？

奥森本加　他还说我们野蛮？不要担心，我已经给我的士兵下令，自由处置事态。他们会控制住局势的。恐怕这是必须要做的事情。是他们逼我们动手的。（奥森本加对这一想法感到虐待狂般的高兴。苏菲畏惧地把啤酒和花生放在桌上给奥森本加。他抓住苏菲的手腕，把她拉向他。笑着说）过来，你这个漂亮的小东西。（奥森本加咄咄逼人地抓住苏菲的臀部，把她拉到他的腿上。笑着说）怎么？你不喜欢我穿的衣服？（苏菲试图轻轻地挣脱出来。克里斯蒂安感到紧张，向他们走去。劳伦特挡在中间）你不喜欢穿军服的男人？你不喜欢男人，可能是。是这样吗？

过了片刻，苏菲挣扎着，纳迪妈妈感觉到了紧张。

纳迪妈妈　苏菲，来这里。让——

奥森本加　（微笑着，奥森本加把苏菲拉到他的腿上）嘿。我们在说话呢，是吗？（奥森本加的手在她腿上游走着）美女！我还不知道你的名字。

苏菲紧张。奥森本加把手伸向她的裙子。苏菲喘着气，用力挣扎。

苏　　菲　（嘶吼）放开我！

　　　　　　苏菲推开了奥森本加，大惊失色地逃离。奥森本加扑向她，克里斯蒂安冲过去保护她。纳迪妈妈挡住了他。劳伦特冲去帮助奥森本加。

纳迪妈妈　苏菲，住嘴！司令，别理她，还有别的姑娘服侍您呢。来吧，来吧。

奥森本加　把这个女孩带回来，我的人会给她一个教训。她需要好好上一课。

　　　　　　劳伦特把克里斯蒂安推开，抓住苏菲。这是我们第一次看到纳迪妈妈害怕的样子。苏菲往奥森本加脚上吐口水。

纳迪妈妈　苏菲。

　　　　　　纳迪妈妈惊恐地弯下腰，擦拭着奥森本加鞋上的口水。奥森本加瞪着苏菲。她像着了魔似的大喊大叫。

苏　　菲　我是个死人！

纳迪妈妈　不！

苏　　菲　（着了魔一般）我是个死人！［斯瓦希里语］撒旦！死尸也想上！你是个什么东西？

　　　　　　奥森本加被推开，克里斯蒂安迅速将苏菲拉开。

奥森本加　我想给此地带来秩序，这个女孩却往我脚上吐口水。你们看，我面临的就是这样的事情。这就是问题。

纳迪妈妈 先生们,司令,发生这一切不是我们的本意……我们希望你们在这里过得舒适快乐,让我向你们展示纳迪妈妈的待客之道。

过了片刻。双方僵持。

奥森本加 那妈妈你让我见识见识吧!

奥森本加调整了一下自己的怒火。他微笑着,向苏菲做了个飞吻。他挽着纳迪妈妈的胳膊,和他的手下一起把她拉到后面。苏菲在盆子里拼命地搓手。哈拉里先生给自己倒了一杯酒压惊。

哈拉里先生 行了,咱们不要反应过度。

克里斯蒂安 苏菲,你疯了吗?你在做什么?

约瑟芬拉住要把手搓破的苏菲。

约 瑟 芬 住手。住手。(约瑟芬紧紧抱住苏菲)好了,好了好了。

纳迪妈妈怒气冲冲地进来,一巴掌打在苏菲脸上。

纳迪妈妈 (怒火中烧)下次我就把你放出去喂秃鹰。我不管那人是不是割了你亲妈的喉咙。你听懂了吗?你差点把我们所有人都害死。你有什么话要对我说?

苏 菲 ……对不起,妈妈。

纳迪妈妈 司令很大度，算你走运。我只有求他再给你一次机会。现在你进去确保他那玩意儿干干净净。我说得够清楚了吗？

苏　　菲 求您了……

纳迪妈妈 现在别让我看到你。（纳迪妈妈抓住苏菲，把她推到后面。哈拉里先生、克里斯蒂安和约瑟芬盯着纳迪妈妈。过了片刻。纳迪妈妈走到吧台后面，给自己倒了一杯酒）什么？

克里斯蒂安 别让她这么做！

纳迪妈妈 如果奥森本加火再大一点呢？那怎么办？如果他冲我来，谁来保护我的生意？感谢上帝的恩典，他没有把她打趴下。现在我得把生意丢下，让他和他那些臭当兵的高兴起来。

克里斯蒂安 可要是……

纳迪妈妈 你一句话也别说。你有意见就出去。

克里斯蒂安 生意。刚才你说的时候，听起来很粗俗、很肮脏。

纳迪妈妈 你要给我上课吗，教授？把你那脏手从我身上拿开。

克里斯蒂安被她的话刺痛了。

克里斯蒂安 妈妈？

纳迪妈妈 什么，亲爱的？

纳迪妈妈笑。

克里斯蒂安 （伤心）算了吧！再给我拿一瓶啤酒。这是我的钱。（克里斯蒂安把钱摔在柜台上）你能理解，不是吗？你喜欢这样？这是他妈的给你的钱。

纳迪妈妈慢慢地捡起钱，把它放到围裙里。她像进行某种仪式似的，开了一瓶啤酒，放在克里斯蒂安面前。

纳迪妈妈 喝吧，醉鬼。

克里斯蒂安 你怎么回事？

克里斯蒂安拿起他的啤酒，退到角落里。他很快就把它喝光了。

纳迪妈妈 你们这些人会害死我。你们来到这里，喝你们的啤酒，享受你们的快乐，然后评判我做"生意"的方式。这扇前门是朝两面开的。我不强迫任何人。我的姑娘们，问问她们，埃米琳、马泽玛、约瑟芬，问问她们，她们宁愿待在这里，任何一天都比回到她们的村庄要好，在那里，她们可能无缘无故就被抓走。她们跟我在一起比在自己家里更安全。因为这个国家被掏空了。男人这个时候，像你这样的诗人，喝着啤酒，吃着花生，可以找地方躲起来。我很无情，你是这个意思吗？因为我给她们的不是一个讨饭的破碗。（狠狠地）我来这儿的时候还不是纳迪妈妈，我就像矿工在泥里淘金一样，找到我现在的样子。我一路上跌跌撞撞地走出来，生火的树枝都没有两根。我把一篮子糖果和湿漉漉的饼干变成了生意。我才不管你们怎么想呢。这是我的地盘，纳迪妈妈开的店。（克里斯蒂安正要下场）这就对了。

纳迪妈妈的话让他停下，他走到纳迪妈妈面前。

克里斯蒂安　（唱）

"水的黑绳

摇晃

生锈的渡轮

搏击与时间的洪流

永不停歇。

漂泊，没有足够的煤油

无法度过黑夜。

目的地总是下一个港口。"

纳迪妈妈　（吐了口唾沫）风一样靠不住的东西。不能放在秤上的东西，就什么都不是。（克里斯蒂安朝门口走去）当你又要喝酒的时候，你会回来的。

克里斯蒂安　我不这么认为。

克里斯蒂安承受了这一打击，气冲冲地出去了。约瑟芬带着哈拉里先生到后面去了。纳迪妈妈被单独留在舞台上，衡量她所做的事情的沉重分量。灯光渐暗。

第五场

酒吧外。

奥森本加和劳伦特跌跌撞撞地从纳迪妈妈的酒吧出来,大笑着。

奥森本加 我一向喜欢尝尝新鲜东西。
福　　金 司令!司令!
奥森本加 什么事?
福　　金 很抱歉打扰您,我——
奥森本加 嗯?
福　　金 我看到杰罗姆·基森贝了。
奥森本加 你是谁?
福　　金 我是福金·穆肯沙伊,我是您部队的。
奥森本加 杰罗姆·基森贝?
福　　金 对,他刚才就在纳迪妈妈的店里。
奥森本加 在这里面?
福　　金 是的,我看见他了。她把他藏起来了。我听他说叛军沿着这条路往南走了,他明天就会跟他们会合。
奥森本加 纳迪妈妈的客栈?!在这里?!

福　　　金	他刚刚开着一辆白色的卡车往南走了！求您了，妈妈她藏着我老婆。我就想让她回家。
奥森本加	（对劳伦特）快，快。我们去追他。通知下去，部队整装待发。我回头再跟妈妈算账！

他们匆匆离开。

第六场

吧台。黎明。

晨光洒进酒吧。哈拉里先生在踱步。他的旅行包放在门边。纳迪妈妈进来了，让他措手不及。

纳迪妈妈	你想不想一边等一边喝一杯？
	炮火声比预想的要近。
哈拉里先生	好，谢谢你。来一点棕榈酒。
	纳迪妈妈平复心情，给二人都倒了点棕榈酒。
纳迪妈妈	雨下得很大，你可能得等到——
哈拉里先生	我等不了了。谢天谢地，我找到了一个国际救援队员搭我上路。我的司机，这白痴，昨晚溜了。（开玩笑）看来他不喜欢枪声。
纳迪妈妈	我告诉过你，你给他的钱不够。
哈拉里先生	这混账战争，每个人都有份，没有人想负责。

纳迪妈妈　呵。

哈拉里先生　每天一个变。一夜之间,民兵武装就冒出来了,一个步兵多喝点酒,背上家族的血仇,就成了反政府军领袖,这富饶的土地一半就归他了。你还不能跟他讲道理,因为他眼里只看到下一杯酒。

纳迪妈妈　嗯,有什么新鲜的?

哈拉里先生　我早上和这人握手,太阳落山他就成了我的敌人,为什么?就因为他的一转念。他的巫医说我是敌人。除了面前的这个人,我不知道该收买谁。我至少还理解蒙博托当政时的混乱①。现在,我是个新手,每隔几个月就得学一遍新规矩,交新的朋友,可新朋友是谁呢?很难说,所以我必须和所有人交朋友,跟谁又都不能是朋友。太累人了。

纳迪妈妈　让那些六亲不认的兵自己打个明白。到最后你觉得这能改变什么吗?

哈拉里先生　只有上天知道。大道上挤满了往东走的人。离开不算丢人,妈妈。做生意就是要知道什么时候该止损,退出。

---

① 蒙博托·塞塞·塞科(1930—1997),曾担任刚果民主共和国总统(1965—1971)和扎伊尔共和国总统(1971—1997),他通过政变上台,在第一次刚果战争中被推翻。

纳迪妈妈　　方圆五十公里内唯一的一张台球桌在我这儿。如果我出了什么事，大家去哪里喝酒？

哈拉里先生　你最后总得选一面旗升起来。选边站。

　　　　　　哈拉里先生大口喝下自己的酒，走去门口找车。

纳迪妈妈　　他付给我黄金，他付给我钶钽矿。还有什么更值钱？你告诉我。他们的理由是什么？我不知道。谁会赢？谁在乎呢？有句谚语说："两只饿鸟正争食，第三只鸟儿飞来，把果核叼走了。嗖！"

哈拉里先生　你就是无可救药的乐观主义者。要说呢，我也不担心你。可是像苏菲这样可爱的姑娘怎么办呢？（他的话让纳迪妈妈心情沉重。哈拉里先生喝完酒，向门外走去，望着他的车）再会吧！

　　　　　　远处响起枪声。哈拉里先生焦急地走到门口。纳迪妈妈去吧台，她显得很矛盾，内心激烈斗争。

纳迪妈妈　　啊……有一件事，哈拉里先生，在你离开之前，我能不能请你帮个忙？

哈拉里先生　请说。

　　　　　　纳迪妈妈打开储物箱，小心翼翼地把钻石摆出来。

纳迪妈妈　　这个。

　　　　　　哈拉里先生的眼睛亮了。

哈拉里先生　啊，你的保险单。

纳迪妈妈　　（带着讽刺）是。我的房子、我的果园，还有酋长全部的牛。

哈拉里先生　你打算出手了?

纳迪妈妈　对，拿着这个。小册子上有布尼亚一个人的名字，是个医生。他不会多问你的。报我的名字。

哈拉里先生　慢着，慢着，你是要我——

纳迪妈妈　听着。我想要你带上她——

哈拉里先生　（困惑）约瑟芬?（着实吃惊）现实一点，约瑟芬这样的姑娘怎么能在城里活下去?

纳迪妈妈　不，听着。

哈拉里先生　我没办法。她是个乡下货，根本不精致。

纳迪妈妈　不，听着……我说的是苏菲。这东西能换钱，可以做一个手术，还有买她需要的任何东西，给她安身。

哈拉里先生　苏菲?

纳迪妈妈　对。

哈拉里先生　为什么?手术?什么?

纳迪妈妈　说来话长，没有时间了。

哈拉里先生　这玩意值的钱可不止——

纳迪妈妈　不止能让她安身。我知道。

哈拉里先生　你确定?这颗钻石能卖个不错的价钱，你可以到乌干达边境那边安家。重新开始人生。

纳迪妈妈　我这里有十个姑娘。我拿她们怎么办?车里有足够的空间装下我们所有人吗?不,我不能走。从小时候开始,别人就找理由把我赶出家门,男人们也霸占我的财产,但我现在不跑了。这地方是我的。纳迪妈妈的。

哈拉里先生 可我不是——

纳迪妈妈 这件事你帮我个忙。我不想让其他女人知道。所以,咱们赶快解决。

哈拉里先生 医生的名字在纸上。我到了之后会打电话。

纳迪妈妈 对,你给苏菲钱。钻石的钱。明白了吗?答应我。这很重要。所有的钱。

哈拉里先生 ……好。你确定吗?

纳迪妈妈 ……确定。(纳迪妈妈不情愿地把钻石递给哈拉里先生)谢谢你,我去找她。

纳迪妈妈下场。哈拉里先生欣喜地检查着钻石。一个国际援助组织社工冲了进来。

国际援助组织社工 我装好行李了。我们现在必须走!现在就走!三辆车正开过来,速度很快。我们不能留在这里。

哈拉里先生 可是……可……

国际援助组织社工 (惊慌失措)马上!我不能等了。快点。快点。

远处的枪声。

哈拉里先生　我得……

国际援助组织社工　他们会没事的。我们呢,他们会赶尽杀绝的。

哈拉里先生　(呼叫)一分钟。妈妈!妈妈!快来!妈妈!快来!我——

国际援助组织社工　我得走了!我等不及了。

　　　　　　　援助组织社工没有时间听他说话,他跑了出去,引擎启动。

哈拉里先生　妈妈!妈妈!

　　　　　　　哈拉里先生似乎很纠结,过了片刻,他下定决心。他把钻石放进口袋,然后离开。静场。远处的枪声。纳迪妈妈发疯似的拉着苏菲走上场。

纳迪妈妈　等你到了那里,他有钱能搞定一切。安顿好。好好过日子,听我的。

苏　菲　您为什么要为我做这些?

纳迪妈妈　行了,别问我蠢问题了,走就是。走!(她把一张纸塞到苏菲手里)这是我表弟的老婆,我只有她的地址。不过,你可以搭摩托车过去。就说我是你的朋友。

苏　菲　谢谢您,妈妈!

纳迪妈妈　没时间了。你让哈拉里先生给你传话。让我知道一切顺利。好了。

> 苏菲拥抱纳迪妈妈,下场。纳迪妈妈如释重负,给自己倒一杯酒庆祝。她没有看到苏菲再进来。

苏　　菲　他走了。

> 舞台上充斥着强烈的灯光。混乱的声音,喊叫,枪声越来越猛烈。政府军士兵涌入。把人团团围住。一道白热化的闪光。发电机爆炸。自然光涌入酒吧。福金、奥森本加、西蒙和政府军士兵站在苏菲和纳迪妈妈身边。

福　　金　他就在这里!我看到他就在这里!

> 奥森本加站在纳迪妈妈身边。

奥森本加　这名士兵说他在这里看到了杰罗姆·基森贝。

纳迪妈妈　这名士兵骗人。

福　　金　我向您发誓!他带着两个人就在这里。就在您来的那个晚上,司令!

纳迪妈妈　我们是朋友。我为什么要骗你?这个士兵已经威胁我们好几天了。他是个疯子。骗子!

福　　金　这个女人是魔鬼!她是个巫婆!她给我妻子施了魔法。

奥森本加　我再问一遍。基森贝在哪里?

纳迪妈妈　我不知道,我为什么要耍您呢?你以为我不知道吗?他就是个挖矿的。而我,我没有给他想要的东西,所以他编故事。司令,我们是朋友。您了解

|||我。我和您是一伙的。当然是这样。我给您拿点威士忌来。

奥森本加 　[斯瓦希里语]让她闭上嘴。

奥森本加向他的士兵们发出信号。他们把酒吧洗劫一空。鹦鹉叫了起来。奥森本加平静地坐在椅子上观看。他给自己倒了一杯威士忌，点了一支烟，男人们把这里翻了个底朝天。

纳迪妈妈 　不!

福金制住纳迪妈妈，很高兴。一个士兵从后面拖住约瑟芬。一片混乱。恐怖的胁迫。

奥森本加 　这可以停止。告诉我在哪里可以找到基森贝。

纳迪妈妈 　我不知道他在哪里。

奥森本加 　（指着约瑟芬）收拾这个。

一个士兵抓起约瑟芬，把她压倒在桌子上准备侵犯她。妇女们尖叫起来。

约 瑟 芬 　不! 不! 告诉他吧，纳迪妈妈。他来过。

纳迪妈妈 　求你了!

萨莉玛进来，她裙子中间有一大摊血迹。

萨 莉 玛 　（尖叫）住手! 住手吧!

福　　金 　萨莉玛!

萨 莉 玛 　（尖叫）老天在上，住手吧! 你还没有折磨够我们吗? 够了! 够了!

士兵突然停了下来，震惊于萨莉玛反抗的声音。

纳迪妈妈 你做了什么？！

福金猛地将士兵推开，跑到萨莉玛身边。

福　　金 萨莉玛！萨莉玛！

萨　莉　玛 福金。

福金将萨莉玛搂入怀中，纳迪妈妈从士兵手下挣脱出来。

纳迪妈妈 快去拿热水和毛巾。萨莉玛，看着我。你要看着我，看着我。不要想其他事情。快点，看着我。

萨莉玛露出胜利的笑容，她拉着福金的手。她转向奥森本加。

萨　莉　玛 （对士兵和奥森本加）你们不会再在我的身上打仗了。

萨莉玛倒在地上。福金将萨莉玛搂在怀里。她死了。灯灭。

第七场

伊图里热带雨林的声音。酒吧。鸟儿小声地啁啾。

苏菲有条不紊地用茅草扫帚扫着泥地。约瑟芬擦洗着柜台。纳迪妈妈站在门口焦急地看着路。

苏　　菲　（唱）

　　　　　　"是的，再来一杯啤酒，我的朋友。

　　　　　　熄灭你的恐惧之火，我的朋友，

　　　　　　醉心于当下的愚蠢，

　　　　　　拂去一天的沉重。

　　　　　　（兴奋的纳迪妈妈发现了一辆路过的卡车）

　　　　　　因为你来这里是为了忘记。

　　　　　　你说驱走所有的遗憾，

　　　　　　跳着舞就像这结局，

　　　　　　就像这战争的结局。"

纳迪妈妈　灰尘扬起来了。

约 瑟 芬　（期待地）是谁？

纳迪妈妈　不知道。蓝色头盔，往北走。你好？你好？（纳迪妈妈诱人地挥手，什么收获也没有，失望地退到桌边）让他们见鬼去吧。我们到底该怎么做生意？把我们的血都吸干了。

约 瑟 芬　嘿，苏菲，帮我一把。

　　　　　约瑟芬和苏菲端起水盆下场。纳迪妈妈把脸埋在手里。克里斯蒂安进门。他吹着口哨。纳迪妈妈抬起头来，尽力控制住自己的兴奋。克里斯蒂安拂去他崭新的棕色西装上因旅行沾上的尘土。

纳迪妈妈　看看这是谁。我还等着风吹来一个顾客，结果把你吹来了。

克里斯蒂安　真好。我很高兴看到经过这几个月，你魅力不减。你看起来还是那么漂亮。

纳迪妈妈　是吗？我是一无所有也坚持下来了。（克里斯蒂安微笑）你贿赂了谁才能通过那些路障？

克里斯蒂安　我有我的办法，碰巧发现值班的军官喜欢尼日利亚的肥皂剧和比利时的巧克力。（纳迪妈妈终于笑了）我很惊讶你还在这里。

纳迪妈妈　你是想让我消失在森林里，和姆布提人一起过流浪生活？我根扎在这里。淘金的人在打仗，你跟着他们，只会有麻烦。你穿的是什么？

克里斯蒂安　你喜欢吗？

纳迪妈妈　他们没有合适你的尺码？

克里斯蒂安　真幽默。亲爱的，你的眼睛把一切我想知道的事都告诉了我。

纳迪妈妈　啧。

克里斯蒂安　你的牙缝里塞了什么东西？

纳迪妈妈　生意一定不错。是吧？

克里斯蒂安　没有，但一个男人至少要有一件得体的衣服替换，即使在这种时候……我听说了发生的事情。

过了片刻。

纳迪妈妈　世事如此。萨莉玛是一个好女孩。

苏菲上场。

苏　　菲　舅舅!

他们拥抱许久。

克里斯蒂安　苏菲,我的心肝。我有东西给你。

苏　　菲　一本书?

克里斯蒂安　……是。

苏　　菲　谢谢。

她撕开牛皮纸。她掏出一沓杂志和一本书。过了片刻。

克里斯蒂安　还有这个。你妈妈的信。不要期望太高。

苏菲震惊地抓住信。

苏　　菲　(不知所措)抱歉。

克里斯蒂安　去吧!

苏菲下场。

纳迪妈妈　看到你我很惊讶。我还以为你不会再来找我了呢。

克里斯蒂安　是。我不是来找你的。

纳迪妈妈　(伤心)哦?

克里斯蒂安　而且——

纳迪妈妈　什么?(过了片刻)哎,说呀?

克里斯蒂安　我斗争了好久,是不是要来,可是去他的吧,我想你了。(纳迪妈妈笑)你没有话要对我说?

纳迪妈妈　你真的想让我回应你这些傻话吗?

克里斯蒂安　(伤心)你这个女人真是刻薄成性。我真不明白自己为什么期望太阳能从西边出来。

他的坦率让纳迪妈妈措手不及。

纳迪妈妈　我不喜欢你的语气。

克里斯蒂安　咱俩还有账没有结!

纳迪妈妈　看看周围,这里还能有什么账。什么都没有了。

克里斯蒂安环顾四周。他看着纳迪妈妈,摇头微笑。

克里斯蒂安　(脱口而出)那纳迪妈妈,和我一起安定下来。

纳迪妈妈　回家吧!

克里斯蒂安　什么?!

纳迪妈妈　你听到我说的了,小子,回家去吧。我不想听了。我心里一团麻,没法子管这破事。

克里斯蒂安　这就是你要说的?我在河边的路上跟死神擦肩而过。一个男孩差点用刺刀挖出我的肝。我说真的,我最后倒在地上吻着地面,因为他心软,我告诉他我是教会的人,他才放过了我。

纳迪妈妈开了一瓶冰啤酒。

纳迪妈妈　是冰的,这为什么还不能让你满足呢?

克里斯蒂安　因为,这不是我想要的?请给我一瓶芬达。

纳迪妈妈笑着给他拿了一瓶芬达。

纳迪妈妈　我去放点音乐。

克里斯蒂安　有什么用？你从不和我跳舞。

纳迪妈妈笑。

纳迪妈妈　得了吧你，休息下，我去烤些花生。好吧？

过了片刻。

克里斯蒂安　为什么咱俩不行？

纳迪妈妈　咱俩能做什么，教授？能成一对儿吗？我们两个人？想象一下。你四处游荡，我心里不耐烦。我知道男人的本性。我们会争执，吵架，我会变得一肚子怨气。你会嫉妒。我们都懂这个情节。很累人。

克里斯蒂安　你什么都懂，对吧？如果我说，我会留下来，帮你经营生意。做一个合法的生意。一间商店。修好门。挂上镜子。保护你。疼爱你。

纳迪妈妈　我看起来像需要保护吗？

克里斯蒂安　不，但你看起来需要人疼爱。

纳迪妈妈　我像吗，现在？

克里斯蒂安　是的。纳迪妈妈，你有多久没让男人碰过你了？嗯？一个像我这样的男人，不是利用你只图自己安乐。

纳迪妈妈　够了。老天，你这样子越来越可怜了。

克里斯蒂安　可怜就可怜吧。不管了……我爱你。

纳迪妈妈　（带着蔑视）爱。这破玩意有什么意义呢？对于这个地方，爱太脆弱。想想我们"爱"的东西有什么后果？它不值得。爱。它是一个有毒的词。它让我们付出的代价大于它的回报，你不觉得吗？对我们这样的人来说，它会变成一个不必要的负担。它最后会害死我们！

克里斯蒂安　你听到自己在说什么吗？

纳迪妈妈　这是事实。接受吧！

克里斯蒂安　嗯……我何苦呢？不能放在秤上的东西，就什么都不是，对吗？！是我打扰了。

克里斯蒂安被她的回应弄得心烦意乱，走到门口。

纳迪妈妈　你要去哪里？（纳迪妈妈的目光猛地慌乱起来）喂，你听见我叫你了吗？别耍孩子脾气。

克里斯蒂安在出门前停了下来。

克里斯蒂安　咱们开开玩笑。很开心。但老实说，我快累死了。我走了太久的路。我已经到了想每晚睡在同一张床上的年纪。我需要熟悉的朋友，需要可以预测的食物，需要轻松的对话。如果你不知道我在说什么，那我就走了。但是，拜托，我想知道真相，为什么我们不行？

过了片刻。纳迪妈妈什么也没说。克里斯蒂安准备离开，但她的话拉住了他——

纳迪妈妈 （带着令人惊讶的脆弱）我被毁了。（更大声地）我被毁了。

他听懂了她的话。

克里斯蒂安 老天，我不知道那些人对你做了什么，但我很抱歉。我这么说可能很傻，但我认为我们，我作为一个男人来说，可以做得更好。

他去安慰她，她挣开了，直到他强行紧紧抱住她。

纳迪妈妈 不！别碰我！不！

她挣扎着，最终屈服在他深情的怀抱中。他吻了她。苏菲走了进来。

苏 菲 啊，对不起。

苏菲偷笑，纳迪妈妈挣脱开。

纳迪妈妈 你站在那里干什么？像头迷路的大象似的。

苏 菲 对不起，妈妈。

苏菲溜出去。

纳迪妈妈 别以为这能改变什么。

克里斯蒂安 等等，别动。

纳迪妈妈 你要去哪里？

克里斯蒂安整理他的西装。

克里斯蒂安 我向你发誓，这是我最后一次邀请你。

（唱）

"一根树枝左摇右摆,

一个对烈风的答案,

一曲回旋舞,优雅几乎被打破。

但它止于平和,甘于沉寂。"

他向纳迪妈妈伸出手。许久。最后,她握住他的手,他把她拉进怀里。他们开始跳舞。起初她有点僵硬和抗拒,但慢慢软化了。吉他音乐演奏《稀有的鸟》。苏菲把约瑟芬拉到门口。她们看着这对男女跳舞,难以置信。

约瑟芬 (微笑,小声)跳吧,妈妈。

鹦 鹉 妈妈!普利姆斯啤酒!妈妈!普利姆斯啤酒!

纳迪妈妈和克里斯蒂安继续他们极有分寸的舞蹈,灯光慢慢变暗。

全剧终

血
汗

Sweat

2015

人　物

所有的人物都出生于宾夕法尼亚州伯克斯县。

埃文，四十多岁，非裔美国人。

杰森，二十一／二十九岁，德裔美国白人。

克里斯，二十一／二十九岁，非裔美国人。

斯坦，五十多岁，德裔美国白人。

奥斯卡，二十二／三十岁，哥伦比亚裔美国人。

翠茜，四十五／五十三岁，德裔美国白人。

辛西娅，四十五／五十三岁，非裔美国人。

洁茜，四十多岁，意大利裔美国人。

布鲁西，四十多岁，非洲裔美国人。

地　点

宾夕法尼亚州雷丁市

时　间

2000年／2008年

附 注

/代表对白开始发生重叠。

总体上,对话在酒吧环境下自然流利地进行,人们话赶话地发言,但也偶尔会陷入静默和沉思。

第一幕

•

第一场
2008年9月29日

室外气温72华氏度（约22摄氏度）。新闻播报：第63届联合国大会闭幕；道琼斯工业平均指数下跌777.68点，创下股市历史最大单日跌幅；雷丁市居民在老干道农场的年度秋季节庆上品尝新鲜的苹果酒。

音乐起，灯亮。

假释办公室。朴素。规整单调。

杰森，白人，不到三十岁。头发剃得很短。他一个眼圈乌青，脸上文着白人至上主义标志的刺青。埃文，黑人，四十多岁，胖乎乎的。

埃　文　所以，你找到工作了？

杰　森　嗯。

埃　文　我不会全部都问完。你知道流程的。

杰　森　嗯。

埃　文　所以，你在做椒盐卷饼？

杰　森　嗯。

> 停顿了一会儿。

埃 文　软的?

杰 森　嗯。

埃 文　住的还是原来的地址?

杰 森　嗯。

埃 文　教会?

杰 森　嗯,终于在楼下有床位了。

埃 文　那很好。我听说那个收容所很干净。

杰 森　嗯,不过他妈的有人偷东西。好东西不能放那儿。不过,嗯,亨特牧师同意我养乌龟。

> 杰森坐立不安。埃文审视着他。

埃 文　那么,你要说说发生了什么吗?

杰 森　什么事?

埃 文　我知道你不想来这里。我也不想来这里。

杰 森　啊,随便吧。

埃 文　别跟我说随便。我不是你那些狐朋狗友,咱们搞清楚这一点。

杰 森　随便吧。

埃 文　再说一遍试试?我他妈没跟你逗着玩。我一拳能把你干趴下,明白吗?不过呢,好在我不用这么做,你知道为什么吗?因为我有这支笔,知道这支笔能干什么吗?

杰 森　嗯——

埃　文　它可以写字。如果你不给我超过一两个音节的回答，知道这支笔会写什么吗？它会写你蛮不讲理，不服管教，不愿遵守假释协议。你听得懂这些话吗，杰森？

杰　森　嗯。

埃　文　（语调逐渐升高）它要写的是，你不配合有关部门，难以约束。这支笔可以让你的生活变得很艰难，年轻人。你知道不配合的年轻人会怎么样吗？啊？啊？

杰　森　你问我？

埃　文　你以为我在问自己？我当然在问你了，白痴！需要我再说一遍吗？

杰　森　不用，不需要你再说一遍了。

埃　文　很好。一句话。我们有进展了。所以，怎么回事？

杰　森　我是说……我没惹事。

埃　文　你没惹事，但是别人惹了事。

杰　森　喷。

埃　文　然后，你把自己眼睛打青了，嘴打破了？

停顿了一会儿。

怎么回事？

杰　森　我被人打了。

埃　文　因为——？

杰　森　我不知道。

埃　文　有个人无缘无故打了你一顿，你呢，什么都没干？

杰　森　是啊。没干什么。我就是在飞叶酒吧厕所。

埃　文　飞叶？

杰　森　嗯，飞叶。

埃　文　不好意思，飞叶？

杰　森　我不能去飞叶？

埃　文　我们聊过飞叶的。往下说。

杰　森　有个飞车党，长得死壮，我也不认识他，他就走到我身后。他说你在看我的妞。我说，哥们，我都不知道谁他妈是你的妞。他戴着那种特别大的戒指，他妈的两只手都戴着，就像中世纪的骑士一样。

埃　文　嗯。

杰　森　然后……他使劲一拳，力气大得我眼睛都冒金星了，我不骗你。就"砰"一下，我整个脸都麻了，后来斯帕奇才把他从我身上拽下来。

埃　文　就因为你看了他的妞？

杰　森　我没有看他的妞，所以这事才这么扯淡。

埃　文　如果我让你尿在这个杯子里，会查出什么结果？

杰　森　你可以不信我，可我说的都是真话。

埃　文　好吧，杯子在这里。

杰　森　什么？

埃　文　什么叫什么？

杰　森　算了吧。

埃　文　杯子，拿起来。

杰　森　我刚刚找到工作。你想怎么样啊?

埃　文　我不想管你，但是国家要管，我倒霉接了这份工，就是要确保你服管。

杰　森　咱们非得这样吗?

埃　文　拿起来。

杰　森　你他妈混蛋。去你妈的，黑鬼!

停顿了一会儿。埃文一动不动，长时间地盯着杰森。

　　　　（气势弱了）去你妈的!

埃　文　拿起来!

杰　森　我才找着工作。那个，别了吧，让我喘口气。

埃　文　拿——起——来!

杰森动作夸张地拿起杯子。

　　　　行了，你有什么想告诉我的?

停顿了一会儿。

杰　森　我不知道。

埃　文　我也不知道。

杰　森　喏——

埃　文　什么呀?

杰　森　我不知道。

埃　文　呵呵，这谈话真是推心置腹。到底怎么回事，杰森?

杰　森　嗐，别担心了。我做的都是我该做的。

埃　文　你是这么觉得的？你想再进去吗？

杰　森　……！

埃　文　你最好把那文身洗了。我们谈过的。不然会给你惹麻烦的。在里面，你这样可能会显得够狠，在外面……你知道吗？我每次看见你，我都想一拳把你打死。这就是我的实话。不过，你走运，我是来帮你的。

杰森坐立不安。

　　　　杰森，怎么了？我应该不用非得查你行踪吧。

停顿了一会儿。杰森翻了个白眼。

杰　森　我可以走了吗？

埃　文　我们不是非聊不可。我可以很省力的。我就把这一页留空。怎么样？空白。你想要空白页吗？

杰　森　……

埃　文　你闯祸了？

杰　森　没有。

埃　文　我可以跟你绕一天的弯子。我是绕弯高手。

杰森在脑海里过了一遍一个故事，考虑是否分享。

杰　森　我——

埃　文　嗯——

杰　森　遇到了克里斯。

杰森猛地被自己的情绪触动了。

埃　文　你还好吗？没事吧？我们预料过这事的，对吧？

杰　森　嗯。

埃　文　他人在这儿，也不会去别的地方。你打算怎么办?

杰　森　不知道，不知道。我在里面的时候，我把发生的事情，就是，克里斯，还有所有事情，都抛开了。然后他就……我不知道，我只想到，就是——

埃文转过身来，他现在正和克里斯说话。后者是个非裔美国人，二十多岁。他打扮整洁，但显得局促不安。

埃　文　你没事吧，哥们? 你坐不住的样子。

克里斯　说实话，过得不太好。睡不好，还在适应。

埃　文　嗯，你走了很久。地球还得转。

克里斯　(紧张)可能吧。都是人。喊。都是人。他们就像幻觉一样。你知道吗? 以前……呃……我开口很容易的，可是现在每次聊天，我都像在走过场，只是重复循环。我跟人没话说，也没人跟我有话说。

埃　文　你找到地方住了吧……克里斯?

克里斯　嗯。杜克特牧师让我在教区公馆过夜。我打点零工。现在还好。挺安静的。只能慢慢站稳脚跟吧。

埃　文　是得要一段时间的。

克里斯　是，我很快就发现了!

埃　文　那工作怎么样了?

克里斯　在找。

埃　文　你有没有去问我介绍的那几家?

克里斯　嗯，去了，填了些表格，可是他们没什么正经工作，都很扯淡，七八块钱一小时。

埃　文　一步一步来嘛。

克里斯　可能吧。而且我一直在那一个选项上打钩。那个问题就像铁丝网似的，翻不过，又绕不过。

埃　文　我知道，我知道。那你做什么解压放松？

克里斯　参加祷告会。每天都要去一次。杜克特牧师对我挺好的。

埃　文　不错，不错。那个刑满改造项目呢？你还差多少学分？

克里斯　八分。但首先……我得挣点钱。回到正轨，你知道的。然后，咳，我可以考虑把大学读完。

埃　文　听你这么说，我真的很高兴。

克里斯　本来的计划就是那样，就是，在出事前。

埃　文　你今天看起来有点心不在焉。

克里斯　是，哎。有的时候我就是这样。我真生自己的气。

停顿了一会儿。克里斯突然间回想起什么事。

埃　文　你没事吧？你要透透气，还是？

克里斯　不，我……我遇到了杰森。没想到会这样。

埃　文　怎么样？

克里斯　奇怪。怪……怪。他变了。

埃　文　是吗？

克里斯　他的脸上文了刺青。文了他妈的好大一块。那副样子好荒唐。在里面的时候,我就得对付他们。就是那个,雅利安兄弟会。可是,杰森……这事让我吃了一惊。他变老了,像大人了。就像他爸爸去世前的样子。差点吓死我。

埃　文　那可够呛。

克里斯　(情绪亢奋)我不知道,短短几分钟,你的整个人生就改变了,就这样。每天我都在想,如果我当时没有……就是……我在脑子里过了一遍又一遍,像来回放磁带一样。如果。如果。整晚整晚地想。在我的脑子里。我关也关不掉。杜克特牧师说,"仰赖主,祈求宽恕。仰赖主,让你在可怕的风暴中找到出路"。我在狂风暴雨中仰赖了,我他妈仰赖了……结果这时候。

停顿了一会儿。

这时候,杰森出现了。在那个,宾州购物中心,我正闲逛着,看着运动鞋店的橱窗,什么也没想。他看到了我。我也看到了他。我们俩一下子……呃,都定住了。我们俩……就是……我一直在想那一刻我会怎么做。我会怎么反应,会说什么。我的意思是……他妈的拉倒吧。我们俩做的事太不可原谅了……

埃　文　那,然后呢?

克里斯　等我回过神来,我已经在快步向他走过去,我不知道自己要做什么。但情绪已经涌上胸口了。就像一个拳头就在那里紧紧按着。按着。我继续向前走。我以为他会走开，会做什么，但他只是站在那里，就像他这些年一直在等着我。然后……我俩面对面了。就那样。我闻得到他的呼吸，就那么近。我看得到他眼睛里的血管。我捏紧了拳头。我的指甲都掐进了手掌，这时候……奇怪……我们在拥抱。拥抱。我不知道为什么。这是八年来的第一次，我觉得我放下了。

泪水近在咫尺，却没有落下。

一首1990年代末/2000年的主打歌，如桑塔纳乐队的《完美》（*Smooth*），回忆在2008年的当下撕裂出一个口子。

第二场
2000年1月18日

八年前。室外气温19华氏度（约零下7摄氏度）。新闻播报：美国智库报告称，繁荣的股市正在拉大美国最穷和最富家庭之间的收入差距；雷丁市倡议制定条例，以规范某些性情凶恶的宠物犬种的饲养，其中包括斗牛犬。

点唱机里正大声播放歌曲。

灯亮。酒吧里。环境舒适宜人。一场喧闹的庆祝仪式刚结束。音乐刺耳。辛西娅（黑人，四十多岁）和翠茜（白人，四十多岁）略有醉意，正在跳舞。酒保斯坦（白人，五十岁出头）站在吧台后面，微笑欣赏着。洁茜（白人，四十多岁）昏昏欲睡，脸贴在桌子上。

翠茜和辛西娅就像共同经历过种种艰险的朋友一般，亲密共舞着。

辛西娅 来嘛，斯坦。

斯　坦 不了，我不跳舞的。

辛西娅 我才不信!

翠　茜 斯坦哥! 别让人失望嘛! 露一手嘛!

斯　坦 不要!

　　　　翠茜跳着性感诱人的舞蹈。

　　　　别打破东西。

　　　　音乐结束。

辛西娅和翠茜 哎呀……

　　　　辛西娅走到点唱机旁。翠茜趴在洁茜旁边，喝完了朋友的饮料。

斯　坦 哎，谁开车送她回家?

翠　茜 霍华德打烊的时候把店门锁了，把她关在里面。可她还是能按时打卡上班。对吧，辛斯①?

---

① 辛西娅的昵称。

血汗

辛西娅　还洗了澡,换了衣服。

翠　茜　我们早上七点点名,这家伙每晚都在外面喝到两点钟。

斯　坦　反正得有人送她。

翠　茜　没可能了。我周四才做了车内清洁。

斯　坦　哎,辛西娅,你能送洁茜回家吗?

辛西娅　没门,原来的安排是由她开车。

　　　　翠茜大笑,推了推洁茜。

翠　茜　洁茜!洁茜!

　　　　洁茜醒来。

洁　茜　什么?

　　　　她又趴在桌子上。众人笑。

斯　坦　反正,她不能留在这里。

　　　　斯坦蹒跚地走过去,从洁茜的口袋里取出她的钥匙。他把它们扔进架子上的钥匙罐里。我们注意到他有明显的跛足,是多年前的旧伤了。

辛西娅　你收集了多少钥匙?

斯　坦　罐子没装满,不过今晚还长着呢。

　　　　斯坦把一瓶波旁威士忌放在吧台上。

　　　　再来一杯?

　　　　他给翠茜倒了杯酒。

翠　茜　嗬,你这是又开始撩人了。

斯　坦　(诱惑地)我是随时可约的。

翠　茜　是吗？真的吗？

　　　　斯坦给了她一个魅力十足的微笑，抚摩着她的手臂。

　　　　你这招有用吗？因为，我没有什么感觉。我是说我应该会有感觉吗？

斯　坦　我肯定有感觉。

翠　茜　少来了！咱俩就那一次，以后也绝对不会再发生了。

　　　　斯坦继续施展他的魅力。

斯　坦　两次吧。

翠　茜　不算。

斯　坦　哦，真的吗？

翠　茜　真的！

　　　　翠茜笑了。她生性爱笑，也常用笑声帮自己打掩护。奥斯卡，二十多岁，哥伦比亚裔勤杂工，拖着一大框酒杯进来。他擦拭着吧台。他忙活着，除了斯坦，很少有人注意到他。

斯　坦　谢谢，奥斯卡。

辛西娅　好吧，我爱你，但我已经喝大了，所以我得走了。

翠　茜　不行……

辛西娅　明天得上早班。

翠　茜　让弗兰克见鬼去。天啊，你还没加够班啊？

辛西娅　亲爱的，无论如何，今年夏天我都要去巴拿马运河坐邮轮。

血　汗

翠　茜　再喝一杯。就一杯。今天是我的生日。来嘛，来嘛。斯坦，给这死婆娘再倒一杯！

辛西娅　好吧，但是，要是我手指被机器轧断了，那就怪你。记住这一点。就怪她！

斯　坦　就怪她！

　　　　翠茜给了辛西娅一个拥抱。斯坦笑着给辛西娅倒酒。

辛西娅　你跟我们喝一杯？

翠　茜　就一杯……

斯　坦　行，陪两位美女。没坏处。

翠　茜　看看他倒的东西。我上回就这样着了他的道。

斯　坦　（诱惑地）嘿，不是吧，那叫着了道？

　　　　多美好的夜晚！这么多人出来庆祝。

翠　茜　多好玩啊，对吧？我都没有想过我会活到这个岁数。

斯　坦　真的。有些人我好久没见了。我还有点希望能见到布鲁西。

　　　　停顿了一会儿。翠茜看向辛西娅。

辛西娅　好了，别憋着了。我把他修理了一顿。

斯　坦　啊，不是吧。怎么了？

辛西娅　我让他搬回来住了。

翠　茜　/我就说吧。

辛西娅　布鲁西这个人你知道。很会装。翻脸比翻书还快。本来我们过得好好的，那天到了圣诞节，我们弄了瓶很好的夏布利葡萄酒。他打扮得人模狗样，我也换上了我的"战袍"。我们聊得挺开心。然后……我们谈了谈。我的意思是，我们严肃地谈了谈。一切都很好。我们喝了酒，越喝越多，然后我们就做了酒后的那些事。到了大半夜——

翠　茜　注意听——

辛西娅　我下楼去。我圣诞树下的礼物都不见了。

斯　坦　/扯淡吧。

辛西娅　连我的鱼缸，还有我新买的很贵的热带鱼，也不见了。

斯　坦　不会是——

辛西娅　一个星期后，新年前夜，我半夜醒来。这个弱智在翻冰箱呢，就好像他有东西放在里面一样。整个人都嗑嗨了。什么也没说。道歉也没有。屁都没有。我都气疯了，算布鲁西他运气好，我没有拿枪，不然他现在只能在地狱里骗鬼了。

斯　坦　这不像他啊。

辛西娅　不像，我告诉你一件事，他开始嗑药以后，我就不认识这个人了。我知道他很艰难，我理解。是，是，是。工厂停了他的工，他过得很不顺，我能理解，但我不能接受他这样。

翠　茜　更重要的是，你没必要/接受他。

斯　坦　所以，怎么了？

辛西娅　我告诉那货,给我走人。再见了。我们就打起来了。警察来了,气势汹汹,把我铐走了,拍了照,还录了指纹,罪名是在我自己家里妨害治安。

斯　坦　太荒唐了。

辛西娅	翠　茜
是啊……	真的,你能相信吗?我还得去把她保释出来。新年前夜,我还穿着高跟鞋和亮片裙呢。

斯　坦　天啊。那布鲁西呢?

辛西娅　你问我?我才懒得管呢。

斯　坦　够惨的。真遗憾。你们俩本来挺好的。

辛西娅　是啊,反正,现在不好了。

斯　坦　我靠,说到逮捕,你们有没有在今早的报纸上读到弗雷迪的事?

辛西娅　没有,弗雷迪干吗上报纸?

斯　坦　天啊,你们没听说吗?

翠　茜　没。出什么事了?

斯　坦　他把他房子烧了。

辛西娅　什么?

翠　茜　有人受伤吗?

斯　坦　只有那条狗。

辛西娅　胡椒?天哪——

斯　坦　嗯，真的疯了，是吧？

辛西娅　我的/天啊！

翠　茜　那玛姬呢？

斯　坦　我以为你知道，她两个星期前就……出走了。

辛西娅	翠　茜
什么？	怎么回事？

斯　坦　对。

　　　　洁茜醒了一下。

洁　茜	斯　坦
对！	走掉了。

辛西娅　真要命。

翠　茜　就是咱们认识的弗雷迪？弗雷迪·布鲁纳？

斯　坦　弗雷迪——

辛西娅　我没弄明白。这个人烧自己的房子干什么？

斯　坦	翠　茜
/不知道	疯了。
三级火警。	太惨了。
什么都没有留下。	
周六的时候他还来过，丢了	
魂似的。玛姬就这样离开	
了他——	

翠　茜　那个贱人能去哪里？

斯　坦　他也这么说呢。不知道。报纸上说，他还想给自己脑袋来上一枪。你能相信吗？可是呢，他醉得不行，只把自己右边耳朵打了下来。

辛西娅　　　　　　　　　　翠　茜

我去，不是吧。　　　　　　哎。

斯　坦　找到他的时候，他躺在邻居的草坪上，血流不止。

辛西娅　靠。我只能这么说。/**靠**！

翠　茜　弗雷迪·布鲁纳？

斯　坦　结果发现他欠了一屁股债。

翠　茜　太可怕了——

斯　坦　还有克拉伦斯——

辛西娅　克拉伦斯·琼斯？

斯　坦　他说，他得到消息，他们要把他厂里的整条生产线都裁掉。受不了这压力了。

辛西娅　这事已经传了好几个月。谁也不会走人。

斯　坦　好吧，你可以一直这么跟自己说，但是你看到在克莱蒙科技那边的情况了。谁也没想到，对吧？可能明早醒来，你所有的工作都迁到墨西哥还是什么地方去了，就是这个什么狗屁北美自由贸易协定——

翠　茜　什么破玩意儿？听着够通便的。什么"机油协定"。

翠茜笑。

斯　坦　你没看报纸？

翠　茜　你还看报纸?

斯　坦　嗯,我看。

翠　茜　好吧,我不看报纸,好吗? 我有阅读障碍,不好意思。

斯　坦　得打开眼界。拒绝知识可不是一个好的人生观。

翠　茜　你从哪儿读到的这些屁话?

斯　坦　我不是读来的,我是感知来的。

辛西娅　随你怎么说。这就是谣言。管理层/传这种东西来吓唬我们。

斯　坦　我也就这么一说。再说了,这已经不是我要/操心的了。

翠　茜　哎,烧掉自己的房子会犯法吗?

斯　坦　不知道。我觉得你得申请个许可吧。

洁茜再次醒过来。

洁　茜	翠　茜
哪儿**着火**了?	什么?!

斯　坦　许可。

翠　茜　你确定? 许可你烧自己房子?

斯　坦　没有许可证,你不能点那么大的火吧。

翠　茜　等一下,你是说,如果他拿到许可,就可以合法地烧掉他的房子?

斯　坦　是啊。

洁　茜　是啊。

辛西娅　妈的,我就应该烧掉我的房子。这破烂玩意儿吞了我多少钱!

翠　茜　要什么许可啊,我雇个人来帮我干好了。

辛西娅　拉倒吧,你能认识谁啊?

翠　茜　不知道。

斯　坦　我也这么觉得。

　　　　翠茜大笑,然后向奥斯卡示意。

翠　茜　嘿,你呢?

奥斯卡　我?什么?你需要水吗?

翠　茜　不是,是……如果我想雇人烧掉我的房子,我该上哪儿去找?

奥斯卡　不知道。我怎么会知道?

翠　茜　什么叫你不知道?别装了。

奥斯卡　我不知道。

翠　茜　你们波多黎各人不老在雷丁市烧这烧那的吗?你肯定知道。

奥斯卡　呃,我是哥伦比亚人。而且我不知道。

翠　茜　呵呵,可不是嘛。

辛西娅　别理她。她白痴。

翠　茜　这小子肯定知道,他只是不说。

辛西娅　别说了!

翠　茜　这小子肯定知道。

斯　坦　好了!别说了!

奥斯卡　喊。

翠　茜　喊。

　　　　奥斯卡瞥了翠茜一眼，走回吧台。斯坦转移翠茜的注意力，把紧张气氛缓和下来。

斯　坦　哎，你知道吗，弗雷迪当年跟我爸在一条生产线上。他是我师父。真的。

辛西娅　真的?

斯　坦　我受伤的时候，其实就是弗雷迪去关的机床。

翠　茜　这我还真不知道。

斯　坦　是真的，如果不是他，我整条腿都保不住。

洁　茜　(突然清醒)嘿，斯坦，别闲扯了，再给我来杯琴蕾酒。

斯　坦　别逗了。不可能了。

洁　茜　什么? 你是今晚的酒保吗?

斯　坦　不会再给你喝了。

洁　茜　哎呀! 再给我一杯! 你给她喝了，为什么不能给我?

斯　坦　因为这是规矩。你喝得够多了。

洁　茜　你要倒霉的。

斯　坦　不，你才要倒霉。

洁　茜　你不能这样跟我说话。我老公——

斯　坦　你是说你前夫。

洁　茜　我只要打一个电话，他就能叫你再也笑不出来。

斯　坦　是吗? 请便吧。喏，用我的电话。把他年轻漂亮的老婆

血汗　　　　　　　　　　　　　　　　　　　　　　　　　145

叫起来，她叫什么来着？蒂芙尼？

辛西娅 没必要/这样吧。

洁　茜 你这个大混蛋！

斯　坦 送她回去吧。

翠　茜 好了。/别又来劲了。

洁　茜 你个死瘸腿。

辛西娅	**斯　坦**
她有点	够有礼貌啊。
喝太多了。	

斯　坦 这就是为什么她该回家了。晚安吧。

洁　茜 我打死你，死瘸子！

　　　　洁茜挣扎着站起来。她想走几步，但已不胜酒力。

辛西娅 洁茜。/算了。

洁　茜 瘸子！死妖怪！

斯　坦	**辛西娅**
放松……	冷静下来。

辛西娅 好啦，我们在庆祝……

洁　茜 混蛋。混蛋！

斯　坦 很好……很好……

辛西娅 你喝多了。好了。给我冷静下来。

洁　茜 （厉声）别他妈的跟我说话！

辛西娅 别跟我来劲哦，宝贝。

辛西娅做了个"我是认真的"的表情。翠茜笑了。

洁　茜　我靠。

辛西娅　你还好吗?要帮忙吗?

洁茜挣扎着走向卫生间,努力维护着自己的尊严,但举步维艰。最后——

斯　坦　哎,奥斯卡,帮她一把。

奥斯卡　好。

洁茜靠着奥斯卡。

奥斯卡　抓紧我。扶好了。

洁　茜　我们是一起的?

奥斯卡　不是!

辛西娅　再给她一杯水。

翠　茜　她是说一桶。

奥斯卡扶着洁茜去了卫生间。

奥斯卡　还有几步。好的,慢慢来。

斯　坦　天啊。真他妈可怜。

辛西娅　(对翠茜)我还以为你会劝她呢!她每天上班的时候就跟一瓶会走路的伏特加似的。

翠　茜　那还用说,丹再婚以后,她一直就醉得跟烂泥似的。

辛西娅　/劝劝她!

翠　茜　我老公死了,你也没见我借酒浇愁。对不起,我就是受不了听她再念叨她前夫了。他就是一个怪胎,而且我还过生日呢，你还以为她能绷住不提他吗？

辛西娅 我知道，但说真的，跟她谈谈。不小心会弄伤人的。

翠 茜 你要举报她？

辛西娅 听我说，宝贝，他们总是在找理由赶我们走。特别是眼下，还在搞什么狗屁改制。

斯 坦 所以传言是真的，嗯？巴茨要升职了？

辛西娅 是。

翠 茜 他要去别的州的工厂了。

斯 坦 他们会把谁调来？

翠 茜 他们在讨论从车间里提拔一个人。

斯 坦 别逗了。真的？你会去申请吗？

翠 茜 我？拉倒吧。

斯坦看了看辛西娅。

斯 坦 你怎么不说话了，辛斯？

辛西娅 谁知道呢？我可能会申请。

翠 茜 什么？别逗了。

辛西娅 为什么不可以？我在车间干了二十四年。

翠 茜 哦，那我还比你多两年呢。七四年参加工作，高中一毕业就进厂了。没干别的。管理岗是他们的。不是咱们的。

辛西娅 挣更多钱。有更多暖气。更多假期。更少的工作。我只需要知道这些。

翠 茜 哎，斯坦，你在受伤前干了多少年？

斯　坦　二十八。

翠　茜　在这二十八年里,你有没有看到有人从车间升上去过?

斯　坦　……呃,没有……等等,等等……格里夫·帕克升了。

翠　茜　是,可他是先离厂上了大学……回来才进了管理层。他们可没有把他从生产线上直接提上去。他不算。

辛西娅　妈的,你想五十岁了,还在车间里每天一站就十个钟头? 奶子下垂到机器里去。我脚趾囊肿都有苹果那么大了。/我的背——

翠　茜　叨叨叨叨……写书去吧你。

辛西娅　我不知道你怎么样,反正我能感觉到自己身体在衰弱,一天不如一天。我回到家的时候,手都冻僵了,连平底锅都拿不稳。我得搓一个钟头,手才能动。

翠　茜　不是,你认真的吗,巴茨的工作?

辛西娅　我懂设备。我也懂员工。

翠　茜　等会儿,等会儿。你真要申请? 别忽悠人。

辛西娅　他们最多就是不同意,对吧,斯坦?

斯　坦　对。

停顿了一会儿。

翠　茜　好吧……如果是这样的话,可能我也应该把名字报上去,对吧? 我需要假期。我也跟你有一样的经验。反正,我的意思是,咱姐妹们谁也拿不到的,对吧?

辛西娅　奥尔斯泰的孙子接手公司以后,情况已经好了很多——

斯　坦　算了吧。那地方自从我六九年进去后就没变过。灯泡没换过，螺栓螺帽也没动过。其实从我爷爷二二年开始在那里工作，它就没怎么变过。祝你好运，亲爱的。我不认识现在这个人，但我可以告诉你，奥尔斯泰的孙子还是孙子，他们所有人都是龟孙，不会对车间好，只顾着往自己的口袋里塞钱。

辛西娅　/说得好。

斯　坦　要我说，原来那老头，他以前每天都会在车间。我不喜欢他，但我尊敬他。你知道为什么吗？

翠　茜　他就是个混蛋、变态——

斯　坦　因为他掌握所有情况，你也只有下到一线才能做到这些。机器坏了，他能知道。员工出事了，他能知道。现在这班年轻人就没下过一线。他们拿着沃顿商学院的MBA，觉得下一线就是丢人。问题就在于他们不愿脏了自己的脚，让自己的文凭沾上血汗……他们也不明白真正的成本，生产他们那些破产品的人的成本。

辛西娅　双手赞成。

洁　茜　（在场下）哎哟妈呀。

台后撞击和闷响声。

斯　坦　哎，你们谁去看一眼洁茜。

翠　茜　不用，她没事。

辛西娅　你看到她穿的什么吗？就好像她高中舞会的礼服。

翠　茜　也许吧。

　　　　　洁茜重新出现，没有人看到她。她的裙子被内裤后侧别住了。

辛西娅　我爱这个女人，但她会拖累我们所有人。

洁　茜　谁？

辛西娅　别担心，亲爱的。

洁　茜　你们在说我吗？

辛西娅　我们就是闲扯。

洁　茜　好吧。

　　　　　停顿了一会儿。

　　　　　斯坦，再给我一杯琴……

斯　坦　不行！不——行——

洁　茜　你就是个垃圾。

斯　坦　我不介意。

洁　茜　垃圾！垃圾！

斯　坦　闹够了。妈呀。

翠　茜　好了，洁茜，放松。

辛西娅　打起精神来。弗兰克正在找碴儿呢——

翠　茜　咱们能不能不说这个了？真的太扫我兴了。这个话题咱们已经说了二十年了。所以，咱们别发牢骚了，开心嗨起来。

　　　　　音乐。欢笑。庆祝。

血汗

第三场

2000年2月10日

室外气温44华氏度（约7摄氏度）。新闻播报：亿万富翁史蒂夫·福布斯退出了共和党初选，福布斯在这次竞选和1996年第一次失败的竞选中，共投入了超过6600万美元的资金；雷丁闹市区的市民会展中心开始动工。

灯亮。酒吧。年轻时的克里斯和杰森，站在吧台前，醉醺醺的。奥斯卡同样始终存在于整个场景中，他沉默着，同时观察、倾听并工作着。

杰　森　我跟车主谈过了。它才开了大概两万三千英里。你能相信吗？老头把它像奖杯一样放在车库里。车况好极了。新的一样。

克里斯　赞。你要出手？

杰　森　考虑着呢。

克里斯　老哥。

杰森展示一辆摩托车的照片。

杰　森　你觉得怎么样？

斯　坦　不错。

杰　森　对吧。跟我爸那台一模一样，而且车况还更好。嘿，你看侧面那车标，酷毙了……

斯　坦　哈雷？你妈怎么说？

杰　森　就我而言，如果她不付钱，那她就没有发言权。十月，我二十一岁的时候，她明确表示她的任务已经完成了。她把前门的锁换了，也没给我钥匙。这信息再明确不过了，是吧？

克里斯　嘿。

斯　坦　这事干得是有点像翠茜。

杰　森　我只能说，我看到这辆车的时候，我的第一个冲动就是想干它。

杰森模拟与车性交的动作。

克里斯　别闹。

整个过程中，奥斯卡在从桌子底部刮口香糖。这个工作很令人不适，但奥斯卡专注而坚定。

斯　坦　是吗？你还在等什么？还不买下来？

杰　森　我算过，我再存一个半月的钱，它就是我的了。我们所有的钱都被放到福利什么的里面了，找乐子的钱一点没剩。

克里斯　可不是嘛。只要有我的新女友——

杰　森　莫尼克小姐！

克里斯　还有山姆大叔[①]，钱就有办法从你口袋里溜走。没有人

---

① 指美国政府。

告诉你，无论你多么努力工作，也攒不下钱来。这就是事实。这个事实应该教给每个小孩！你看我，我一直想攒点钱上学，对吧？但每次我才存下一点，就会听到"耐克烽火""乔丹十七代"的召唤。去橄榄园餐厅撮一顿，看场电影，你两天的工作就白干了。

杰　森　哥们，你的球鞋比整个76人队的还多。

克里斯　鞋子不对，活着没劲。我就是这样的。一个男人必须得有点瘾，让他保持饥饿感。

斯　坦　这是生存的法则？

克里斯　不，不，我的朋友，这是人生的任务。

杰　森　哎，等一下，我刚才……听到你说上学？

克里斯　对，上学。上——学——！

杰　森　谢谢你的解释。

克里斯　我……我被奥尔布赖特学院教育专业录取了。

杰　森　什么？再说一遍？

克里斯　嗯。九月开学。没错！我准备去上两班倒。多少攒点，当学费。

斯　坦　太好了！

杰　森　等等……等等，不是真的吧？哥们，你他妈胡说吧？你为什么不告诉我？

克里斯　因为，我知道你会笑话我。

杰　森　我当然会笑话你。你以后要做什么？在雷丁高中教二十年历史?

克里斯　有可能。

杰　森　是吗?你教不好的。

克里斯　你啊,你就闭嘴喝你的啤酒吧。我就是因为这个才什么都没说。

杰　森　随你的便吧。最多再过四年,保证你会回来,求把你在奥尔斯泰的工作还给你。还有,你最近去过雷丁高中吗?那里跟监狱一样,还有三十岁才上高一的。哥们,那点破工资,你还得再打一份工才混得下去。

斯　坦　他说得有道理。你知道现在当老师能挣多少吗?

杰　森　告诉他。

斯　坦　说真的,孩子,没多少人离开奥尔斯泰,因为你在别处找不到更好挣的钱。你走了,就回不来了。会有十个人排着队抢你的工作。

杰　森　可不。

斯　坦　就是这么回事。我认识几个老工人,他们差不多一个钟头能赚四十多美元呢。

杰　森　你听听。

斯　坦　教书,就——

克里斯　很好。他们厉害。只不过,我有点想做些跟我爸妈不一样的事情。嗯,我有理想。就是这样,我也不会觉得自己错了。

杰　森　你有理想？是什么？黑人历史纪念月①？

克里斯　实际上是的。你有什么意见吗？

杰　森　如果咱们能说心里话，我有点烦这些假惺惺的广告宣传了。其实，它不应该叫"黑人历史纪念月"，应该叫"白人负罪感月"。对吧，斯坦？

斯　坦　这事别扯上我。

杰　森　为什么没有白人历史纪念月？

克里斯　喊。我就让你好好想想这个问题吧！这对你来说可能有点复杂，我知道，我很遗憾。

杰　森　去你妈的。你还没有上大学呢，就已经变成个混蛋了。

克里斯　不好意思，但我已经厌倦轧钢机了。轰。轰。轰。轰。机器太他妈吵了，我甚至都没办法思考。对我来说，每天去上班都已经越来越难了。

杰　森　你在说胡话。

斯　坦　我明白。关键是，你得找到一个节奏，并保持这个节奏，这样就好了。

克里斯　嗯，这不是我想找的节奏。

杰　森　什么？车间工作你还嫌弃？！

克里斯　别误会，我可没这么说，只是……

杰　森　什么？

---

① 纪念黑人历史文化、倡议平权的活动。

克里斯　你没注意到现在的情况。

杰　森　你在说什么呀?

克里斯　我不知道。算了。反正——

杰　森　别啊! 快说,怎么了?

克里斯　就是,上周,还记得他们派了几个戴白帽子的下到车间吗?

杰　森　啊,所以呢? 哥们,他们可能只是升级设备。

克里斯　哎,他们现在有那种按钮,哔一下,咱们所有人就被取代了。哔。哔。

杰　森　得了吧,你太多心了。

克里斯　老哥,你有没有想过,如果你干不了这份工了,可以做什么?

杰　森　……没有,真没有。希望我没那么倒霉吧。我计划五十岁从工厂退休……有一笔不太少的退休金和存款可以随便用,在桃金娘海滩买一套公寓,开一家唐恩都乐卖甜甜圈,优哉游哉。可以吧,斯坦?

斯　坦　挺好的计划。

克里斯　真的吗? 唐恩都乐甜甜圈,那是你的愿景,哈? 他妈的甜甜圈?

杰　森　是啊,怎么了?

克里斯　每天打卡上班下班,最后你就剩下一盒甜甜圈和一身糖尿病。我的哥,你的想象力呢? 你得搭个公交车,去走走看看。

杰　森　那咱们去牙买加的游轮旅行呢？别在那儿唧唧歪歪了。

停顿了一会儿。

但说真的，哥们，你为什么不告诉我？

克里斯　因为——

杰　森　妈的，我还想着咱们退休了，能一起开个加盟店呢。

咱俩是一个团队，你不能走啊！！

克里斯　不，我能。

杰　森　那我呢？

克里斯　那你呢？

杰　森　你可以先告诉我的。

克里斯　哥们，这件事我非做不可。

杰　森　行，好吧！

克里斯　什么？！

杰　森　随你的便吧。嘿，斯坦，给这贱人倒酒，让他闭嘴。

第四场

2000年3月2日

室外气温48华氏度（约9摄氏度）。新闻播报：共和党总统候选人辩论——艾伦·凯斯、约翰·麦凯恩和乔治·布什；在雷丁市，一场彻夜大火令一位母亲和五个孩子无家可归；黄铜五金制造商鲍德温设备集团宣布，计划在利斯波特开设一个占地28万平方英尺的新工厂。

  灯亮。酒吧。布鲁西（黑人，四十多岁）坐在吧台边上，细品着一杯酒。电视上播放共和党辩论（麦凯恩、凯斯、布什）。

斯 坦 你喜欢谁？

布鲁西 无所谓。他们最后都是骑在咱们头上拉屎。

斯 坦 你觉得这个布什怎么样？

布鲁西 我不知道，他看着像只小猩猩。但如果我非要选一个，那还得是布拉德利①。我一直就喜欢他，废话少，球风硬，高举高打。

斯 坦 嗯，确实，很聪明的球手。他嘛，不知道他总统能当得怎么样，但如果随机组队比赛，我会让他上。你还看吗？

布鲁西 不看了。

  斯坦浏览着频道，索然无味，就关掉了电视。奥斯卡进来后，补充着吧台的酒品。他默默地、有条不紊地工作着，积极地倾听着谈话。注意：奥斯卡安静而警觉，应该在整个场景中都能感受到他的存在。

你看到加尔思了吗？

---

① 肖恩·布拉德利，费城76人队前球员。

血汗

斯　坦　没，怎么了？

布鲁西　他开了一家民宿。

斯　坦　不会吧，你是第三个告诉我这事的了。

布鲁西　他一直说自己想干这个。成天挂在嘴边。"在洪都拉斯开个民宿。小日子滋润，我跟你们说。"我还问，"啥？嘿，洪都拉斯在哪个旮旯啊？"加尔思是个小气鬼。就没请人喝过一杯。现在，我明白怎么回事了。

斯　坦　眼光长远。

布鲁西　是啊。

斯　坦　你打算怎么办？

布鲁西　妈的，你知道——

斯　坦　嗯——

布鲁西　罢工纠察①。我不能再让步了。

斯　坦　我听说了，你们被停工多久了？

布鲁西　九十三个星期。

斯　坦　我猜也是。太惨了。

布鲁西　可不。就因为不想接受新合同，给他们当奴隶。他们就想要这样。我们提出接受减薪百分之五十，他们还不干，还想让我们放弃退休待遇。我图什么啊？辛辛

---

① 罢工的工人会在厂区门口设置纠察线，宣传罢工诉求，并劝说其他工人不要进入工厂上班。

苦苦忙活一辈子，兜了一圈回到我十八岁时候的待遇。这算什么呀？

斯　坦　他们在招临时工？

布鲁西　对，大部分是讲西班牙语的什么鸟人。他们让这些人突破罢工纠察线来上班，接着把这些人吃干抹净，三个月后就再招一批新的。

斯　坦　让他们去死吧，你们可以闯过这关的。

布鲁西　我知道有几个小子已经接受现实了，但如果我们能谈下纺织厂的新合同，就会有很好的回报。这就是我为什么还在坚持。他们想破坏工会的团结。

斯　坦　他们不会得逞的。我为你们骄傲。

布鲁西　没用的。

斯　坦　别这么说。

布鲁西　我忙里忙外干了多久？勤勤恳恳，对吧？也成家了。今年，我都四十九了。

斯　坦　没有吧。

布鲁西　是啊，我他妈四十九了，可我跟你说，我前几天在想啊，再过多少年，十五、二十年，我还得干这个啊。你明白的！心都操碎了。这档子事，哎，我爸就没经历过这个。我是说，他……他每天按时上班，直到退休，就拿到很好的退休待遇。去年十月，他去希腊群岛坐了十八天的游轮。我呢？妈的，活儿也干了，时间也搭进去了,一向堂堂正正的,当然了,我也有过几年舒坦日子……可是,哥们你说,我做错了什么?

斯　坦　我明白。受这伤是我这辈子最走运的事情了。把我从旋涡里拉出来。我家三代人都在车间工作。忠心耿耿,我从来没有想过在其他地方工作。到头来我受伤在医院住了快两个月,路也走不了,脚指头都没知觉了,奥尔斯泰的王八蛋们没一个打电话来慰问我,说一句"很抱歉我们没有修好机器"。他们知道那台设备有问题。拉姆齐、史密茨——大家都上报过。

布鲁西　当时的情况我知道。

斯　坦　我唯一一次收到奥尔斯泰的音讯,就是他们派了个律师来医院跟我打官腔,因为他们想叫我不要起诉。混账王八蛋。整整二十八年。我那时候才明白,我对他们来说什么都不是。一文不值!三代人对同一家公司的忠诚。这可是美国啊!你还以为忠心多少能值点钱。结果倒成了他们在施舍。

布鲁西　我懂。

斯　坦　最根本的是,他们不明白人的尊严是一切的核心。我操作了这么多年轧钢机,他们说过几次"谢谢"我一只手就数得过来。管理层大爷们,看着我的眼睛,偶尔说句谢谢吧。"谢谢你,斯坦,谢谢你提早上工,周末加班。干得好。"我喜欢我的工作。我干得也不错。

操作了二十八年的轧钢机，看我这条腿！这就是回报。

布鲁西 我懂。不过我能说实话吗？……

斯　坦 当然，说。

布鲁西 （坦诚直言）……我不知道该怎么办了。

斯　坦 什么意思？

布鲁西 我不知道该怎么办了？（意思是：我到底想要什么？）就是……我没主意了。这些有什么意义？真的，我认真的。

斯　坦 你不能这么想。

布鲁西 这是我的真心话。说真的，这有什么用？你说呢？

斯　坦 事情会好转的。

布鲁西 （讽刺）是吗，你这么觉得？

斯　坦 我是这么想的。

布鲁西 我可没这种感觉！上周，我正在工会办公室填表申请参加那些破培训，然后有个老家伙，白种人，跳出来说我们怎么抢了他的饭碗。我们？我问他说的是谁，他就指着我。我？我就说，你是不是没看到我和你在同一条船上。有病吧？你以为这样他就闭嘴了吗？没有。他就操着他那破锣嗓子，在那儿叨叨不停，说我们来这里毁了一切。好像我是刚偷渡来的。他都不知道我家的历史。1952年10月2号，我爸摘了最后一包棉花。他带上剃须刀和一本《圣经》，往北走。十天后，他在迪克森袜业公司找到了一份工作。他从草根干起，最后爬到了工会委员的位置，为那些像那老不死的一样的混蛋争取权益。所以我真的不明白。这种你指责我、我指责你的游戏，在我的婚姻里已经玩够了。

斯　坦　别想这么多了。

　　　　辛西娅、翠茜和洁茜一边上场，一边交谈着。

翠　茜　给她加满，斯坦！

布鲁西　辛斯。

辛西娅　你在这里做什么？

布鲁西　跟你一样，来喝一杯。

辛西娅　这里？

布鲁西　嗨，洁茜，翠茜。

洁　茜　布鲁西。

翠　茜　怎么样？

布鲁西　还行。你们气色不错。

翠　茜　还这么油嘴滑舌。

布鲁西　辛斯，你有时间吗？

辛西娅　没空。

布鲁西　我只想……

辛西娅　不要！

辛西娅和洁茜、翠茜一起坐下。

今天太累了。我不想再吵了。让我喝一杯,好吗?

翠　茜　别理他。

洁　茜　别管了,我们喝完酒就走。好吗?

布鲁西走近女士们。

布鲁西　好啦,辛斯。

辛西娅　你干吗?

布鲁西　我能和你谈谈吗?

辛西娅　不能。

布鲁西　我能和你谈谈吗?

辛西娅　不能!

布鲁西　**我能和你谈谈吗**?

辛西娅　**不能!**

布鲁西猛地一拍桌子。桌子震动。女人们齐刷刷地站起来,形成联合阵线。

斯　坦　算了,布鲁西。坐下来。再喝一杯?

翠　茜　她不想和你说话。

布鲁西　你少管闲事!

斯　坦　哎,哎,好啦——

翠　茜　咱们走吧。

辛西娅　我不走。这是我的地盘。

洁　茜　没错。

布鲁西 咱们就谈一谈。

辛西娅 我知道你想要什么。没有。

辛西娅把口袋里的东西翻出来。

布鲁西 干得漂亮。我听说你……

辛西娅 什么?

布鲁西 咱们非得当着大家的面说吗?

辛西娅 咱们什么也不用说。我不记得有什么事情要跟你说。

翠 茜	洁 茜
没事,别理他。	别听他的,什么也别听!

斯 坦 行了,让我请你喝一杯……没事没事。你喝什么?

缓和下来。

布鲁西 和刚才一样的。

斯 坦 好啦,坐下。放松。别激动。

斯坦给布鲁西倒了一杯酒。

布鲁西 (对斯坦)她在耍我。

斯 坦 别激动了。

辛西娅 他就像上好了发条似的。一到周四,要钱。

翠 茜 你要我去跟他说说吗?

辛西娅 别,他只会更来劲。

布鲁西盯着辛西娅。

翠 茜 看都别看他。

辛西娅 他就想坐在那里,故意招惹我。

洁　茜　不怕！

女人们主动忽略了布鲁西。他装腔作势地嘴里念着"辛西娅"。终于——

（对布鲁西）你能不能别烦她了？

布鲁西　你那狗嘴能不能消停点？！

辛西娅　不许你这样和她说话！

布鲁西夸张地将手放在心脏部位。

布鲁西　辛斯？宝贝？

斯　坦　布鲁西……

布鲁西　你不公平。

辛西娅　谁不公平？！我的鱼在哪里，布鲁西？说啊！

辛西娅突然从桌边站起来，向布鲁西走去。

洁　茜	翠　茜
（对布鲁西）你有种啊！	别这样。

布鲁西　我只想聊聊。

辛西娅　我来了！聊吧！

布鲁西轻轻地拉起她的手。

翠　茜　辛西娅！

布鲁西　喂，大嘴巴，给我们一点时间。

翠　茜　你对女人没有一点尊重。

布鲁西　我就是不尊重你。闭嘴吧你！

翠　茜　那你还纳闷，为什么你老婆不跟你说话？

血汗

布鲁西 ……你能不能给我们一些私人空间?

辛西娅 (对翠茜)我可以的。

停顿了一会儿。

你想怎么样,布鲁西?

布鲁西 我只想解释。

布鲁西拿出一张纸。

辛西娅 这是什么?

他把它递给辛西娅。她读着。

布鲁西 我在参加这个项目。

辛西娅 喝酒也是戒毒的一部分?

布鲁西 不一样的。

辛西娅 我不敢苟同。

布鲁西 这就是你要说的?

辛西娅 你想要我说什么?

布鲁西 我只是想告诉你我在努力。

辛西娅 嗯。

布鲁西 所以?

辛西娅 说完了吗?

布鲁西把纸折好,放入口袋。

布鲁西 完了。

辛西娅 嗯。纸不错。如果是工资单的话,我可能会印象更深刻。你给你儿子打电话了吗?

布鲁西 他怎么样?

辛西娅 很好。进步很大。克里斯告诉你他的事了吗?

布鲁西 没有。

辛西娅 他考进了奥尔布赖特学院。

布鲁西 啧,真的?

辛西娅 你就这个反应?你知道不知道,他真的很希望你……算了,给他打电话就行。好吗?他九月开学。

布鲁西 上大学?谁出学费?

辛西娅 他自己。

布鲁西 你打算让他抛下工厂的稳定收入?要我说,那他就糊涂透顶了——

辛西娅 好建议。你的稳定工作怎么样了?

布鲁西 ……

辛西娅 听着,如果你和他说话,就算帮我忙了,说你为他感到骄傲,就这么多。不要给他出什么别的主意。因为如果你多嘴,那我只有求老天了……这是件好事。你应该为他骄傲。

翠 茜 没错,他从小就聪明,辛斯。

布鲁西 我只是想说——

辛西娅 不如什么也别说。

停顿了一会儿。

布鲁西 你还好吗?

辛西娅　嗯，挺好。

布鲁西　斯坦说你正在升职考核呢。

辛西娅　嗯，仓库主管。不只是我。翠茜、克莱伦斯，还有胖亨利。我们都在竞聘。

布鲁西　（对翠茜）真的？

翠　茜　对，很快就要出结果了。不过呢，我也没着急，他们就是放放烟幕弹。因为他们雇的狗头军师告诉他们，可以放长线钓大鱼。

辛西娅　少来了。你跟我一样想要这个职位。你嘴上不说，但是我知道。

洁　茜　她肯定想。翠茜就喜欢使唤人。

翠　茜	辛西娅
少啰唆。	可是，试想一下，如果咱们中的一个得到了这份工作，那该多好呀？

布鲁西　（话中带刺）如果他们在考虑你们的话，肯定是饥不择食了。

辛西娅　你别招我。我想说，你能回到正轨，我很高兴。但是，我得——

布鲁西　等一下，等一下。别走。求你了。十二月我干的那烂事，我真的很抱歉。我那时失去理智了……对不起。听我说，我正在戒毒，好吗？这种事不会再发生了。太丢人了。你了解我的。唉，我以前还取笑像我现在这样的人。

他握住她的手。动作轻柔。辛西娅无力抗拒他的魅力。

真的很抱歉。好吗，宝贝？你真好看。你穿工装总是那么性感。

洁　茜　　翠茜，别光看着了。

布鲁西　我路过房子的时候，注意到排水槽需要重新挂了。我可以过来处理。我们可以把事情简单化的，就谈谈吧。我觉得如果我俩能好好相处，我就能更容易地振作起来。

辛西娅　别这样想。你可以打电话给克里斯……把毒彻底戒掉，但是不要过来。

布鲁西　等我找回工作——

辛西娅　如果，如果。亲爱的，我完全支持你。但是你有时候也得想想，这对我们有什么影响。

布鲁西　（施展浑身解数）能吻我一下吗？

辛西娅　什么？

布鲁西　至少给我一个吻吧？

他探向前索吻，辛西娅抵挡不住。二人的亲密时刻，然后翠茜跳出来提醒他们。

翠　茜　　我觉得你该走了！

布鲁西　我没跟你说话，大嘴巴！

翠　茜　　你在跟她说话，就是在跟我说话。

血汗

布鲁西　你这个白人挺有种的。

翠　茜　我还不止有种!你要不试试!离她远点,好吗?她现在很好——

洁　茜　别再招惹她!

翠　茜　你想为辛西娅做点什么?要么戒毒,要么滚蛋:这就是你能为她做的最好的事情。

布鲁西　别教我做事!我知道该做什么!

斯　坦　布鲁西,你要不——

　　　　　布鲁西突然激动起来。他试图振作起来,但被情绪吞没。

布鲁西　辛西娅!求你——

辛西娅　不要!

第五场
2000年4月17日

　　室外气温是60华氏度(约16摄氏度)。新闻播报:道琼斯指数创纪录地下跌617.77点已过去三天,科技板块泡沫破裂;华盛顿的抗议者扰乱了世界银行和国际货币基金组织会议的进行;一名二十六岁的男子在离开雷丁市伍德沃德街的一家酒吧时遭到枪击。

　　酒吧外景。翠茜站在外面,抽着烟。奥斯卡走了出来。

奥斯卡　嗨。

翠　茜　嗨。

奥斯卡　能给我根烟吗?

翠　茜　(轻蔑地)不行。

奥斯卡　行,谢谢你。

翠　茜　不客气。

　　　　奥斯卡站在门口。

　　　　你不用干活儿吗?

奥斯卡　这是我的休息时间。

　　　　尴尬了一阵。

　　　　你知道他们在里面等你吗?

翠　茜　嗯,我知道。

奥斯卡　你要我去告诉他们你在这里吗?

翠　茜　我看起来像要你多管闲事吗?

奥斯卡　行,无所谓。只是想帮个忙。

翠　茜　你能不能,给我一点私人空间?

奥斯卡　严格来说,这空间是我的。这是我休息的地方。不过呢,我是个绅士。

翠　茜　你真是个好人。现在可以滚开了吗?

奥斯卡　(低声说)贱人。

翠　茜　混蛋。

奥斯卡　去你妈的。

翠　茜　去你他妈的!

　　　　短暂的对峙,双方互不让步。

翠　茜　……想怎么样?

奥斯卡　怎么样?!

　　　　最终,翠茜软下来,递给他一支烟。

翠　茜　满意了?

奥斯卡　谢谢。

　　　　她给他点烟。他们抽烟。

　　　　……你——

翠　茜　干吗?

奥斯卡　嗯,嗯。呃,呃——

翠　茜　你嘴有毛病?说话!

奥斯卡　你在工厂上班,对吧?

翠　茜　和这里其他人一样。没想到吧!

奥斯卡　工作怎么样?

翠　茜　凑合,就一份工作呗。还算稳定。

奥斯卡　他们给的工资高吗?

翠　茜　够我生活的。问这些干吗?

奥斯卡　就是问问,因为我看到了一张启事,在西裔文化中心那儿。

翠　茜　什么玩意儿?

奥斯卡　拉丁裔社区中心。

翠　茜　什么叫你看到一张启事?

奥斯卡　启事，招聘启事。奥尔斯泰公司？不锈钢管材？是你的地盘，对吧?

翠　茜　不是我的地盘，是我上班的地方。

奥斯卡　呃，好吧……他们正在招工人，我知道那里的工资一定比这里高。

翠　茜　你在说什么？奥尔斯泰不招人。

奥斯卡　我听说的不一样。他们正招收与培训包装工、托运工，这是我得到的消息。

奥斯卡从口袋里拿出一张折叠的传单。

翠　茜　我看看。

翠茜拿过传单。

我只读到"奥尔斯泰"。其余的都是乱七八糟的字。

奥斯卡　噢，这是西班牙语。看这里，写着你什么时候可以去工厂填写培训申请。

翠　茜　这是骗人的。我不信。不行的。不行的。你要先加入工会。

奥斯卡　传单说不用。

翠　茜　那你就搞错了。

奥斯卡　好吧。

翠　茜　你搞错了!

奥斯卡　好!

血汗

翠　茜　而且这个程序也不对。总之，你得有认识的人才能进工厂。我爸爸在那里工作，我在那里工作，我儿子在那里工作。就是这样的规矩。一直都是。

奥斯卡　我认识你。

翠　茜　你不算认识。

奥斯卡　那怎么才能进工厂？

翠　茜　问得够多了吧。

你妈妈没有教过你尊重长辈？

奥斯卡　他们把里面布置得挺漂亮的。

翠　茜　是吗？

奥斯卡　所以，他们在庆祝什么？

翠　茜　就是，辛西娅。

奥斯卡　噢。

翠　茜　嗯，她上周升官了。他们给了她一个舒服得要死的工作。躺着挣钱。我希望她现在已经扯完了。

奥斯卡　我以为你们是朋友。

翠　茜　是，我们是朋友。那又怎么样？你没有烦过你朋友？

翠茜抽着烟。

你知道我在工厂工作多久了吗？算了，不说了……不重要，但我和辛西娅一样熟悉车间。真的。你知道实情吗？我没得到这份工作的唯一原因是巴茨想睡我，我不干，他就跟管理层的每个人说我情绪不稳定。我不是不稳定。我说——

奥斯卡 太操蛋了。

翠　茜 真的。垃圾。而且，我敢打赌，他们就想要个少数族裔。我不是歧视，可现实就是这样。我有眼线。他们有税收优惠什么的。

奥斯卡 这些我就不懂了。

翠　茜 这是真的。事实就是这样。我不是有偏见，我是说，你就是你，对吧？我没有对谁有意见。但是，我是说……你看啊……你们这些人来这里，就可以更快地找到工作，比起我们……

奥斯卡 我在这里出生的。

翠　茜 反正……你不是在本地出生的，在伯克斯。

奥斯卡 我是。

翠　茜 是吗？反正，我们家已经在这里很长一段时间了。从1920年代到现在，知道吗？我住的房子是他们建的。他们建了这个郡。我爷爷是德国人，他什么都能做。橱柜，漂亮的家具，什么都能做。他的手特别巧。结实。肉乎乎的。特别牢靠。你握着他的手，就会感觉到他的人，感觉到他的力量。那双手，我告诉你，是坚实的、工人的手，而且他们真的、真的会做工。做得特别美。不像现在，那些人刮个大白、补个墙洞还觉得自己怪不错的。我爷爷是有真本事的。我记得小时候，大概八九岁吧，我们会跟着爷爷去宾州市中心。逛街，看商店橱窗。宾州市中心当年特别漂亮。你逛街都会好好打扮打扮。波默罗伊、惠特尼，什么店都有。我感觉特别新奇，因为他那么大块头，大家都给他让路。但是，我真正喜欢的是，他带我去看写字楼、银行……无论什么，他都能指出里面的木工活。如果靠近看，他还能找出一些特地为我雕刻的细节。一朵苹果花。真的。我说的就是这种东西。那时候如果你用你的双手工作，人们就会尊敬你。那就是一种天赋。但现在，宾州市什么都没有了。你走进那些建筑，墙壁上铺满了石膏板，木头被涂成灰色，或者是什么不伦不类的颜色，真的让我很难过。让我……算了。

奥斯卡　你还好吗？

翠　茜　听着，你手里这张纸是对我们的侮辱。什么也不值。奥尔斯泰不是你该去的地方。

第六场
2000年5月5日

室外气温是84华氏度（约29摄氏度）。新闻播报：美国失业率跌至30年新低的3.9%；雷丁市面临1000万美元的赤字，解雇了十几名员工；阿伦·艾弗森和费城76人队备战东部半决赛第一场。

　　灯亮。酒吧。斯坦准备了一杯琴蕾酒。洁茜坐在吧台前看着一个生日蛋糕。奥斯卡在吧台后面玩着掌机游戏。

斯　坦　　琴蕾酒，只摇，不搅拌。

　　　　　斯坦把鸡尾酒放在吧台上。

洁　茜　　你这次放了真酒精吗？

斯　坦　　我昧着良心，放了——

洁　茜　　真逗。

　　　　　洁茜喝了一口。品味着。

斯　坦　　屁股都坐疼了吧。那几位女士呢？

洁　茜　　我也想知道。鬼知道现在是怎么回事。

斯　坦　　她们说几点要来？

洁　茜　　原计划？一个多小时前。

斯　坦　　天啊，有什么事是我应该知道的吗？

洁　茜　　不知道。辛西娅吧。她的升职。翠茜装作不在乎。但我看得出她不喜欢听辛西娅下命令。别把这话传出去啊，她俩现在关系不太好。

斯　坦　　这个城里的人就是这样。一肚子牢骚，就觉得别人不好。可有人做好了呢，也没人高兴。

洁　茜　　可不是嘛。翠茜满城转悠，说辛西娅得到这份工作的唯一原因就是她是黑人。两个月前她还满不在乎，然后忽然——

斯　坦　至于吗？胡扯淡。辛西娅名正言顺。

洁　茜　是啊，不过我也知道有很多人不爽。

斯　坦　算啦。人就是不喜欢变化。我可不会为这种事失眠的——

洁　茜　你说得对，去他妈的，我还不想老夹在中间呢。我们来切蛋糕吧。

斯　坦　你确定？

洁　茜　切！

斯　坦　哎，奥斯卡。

奥斯卡　嗯？

斯　坦　你能给我拿把刀来吗？

奥斯卡从吧台里拿过一把刀。

你有什么特别的生日愿望吗？

洁　茜　当然有。但你知道什么东西最好吗？一个吻。我今天只想被人吻。

洁茜吹灭了蜡烛。

斯　坦　生日快乐，亲爱的。

奥斯卡　生日快乐。

洁　茜　谢谢。

洁茜切蛋糕。辛西娅风尘仆仆地冲进来。

辛西娅　真对不起，宝贝。

洁　茜　老板终于来啦!

辛西娅　头疼死了。会议走不开。

洁　茜　都还好吧?

辛西娅　没事。今天你最大。给你的。生日快乐。

　　　　辛西娅递给洁茜一张雪儿①的CD。她唱了一句雪儿的主打歌。辛西娅拥抱洁茜。她们一起唱了接下来的几句。

洁　茜　我差点就要原谅你了。

辛西娅　我绝对不会错过的。我只是脱不开身。一屋子的"主管",满肚子的主意,大谈特谈如何让车间更有效地运行,但这些蠢货没有一个真正操作过机器。

洁　茜　真的离谱。

辛西娅　有一个二货,真心觉得这工厂有五个半人就可以运行。

洁　茜　哈!他们到哪里去找半个人?

斯　坦　威士忌?

辛西娅　双份,亲爱的。

斯　坦　(讽刺地)天啊,新工作怎么样?

辛西娅　累死人。

洁　茜　只要他们今年夏天把空调修好,我就满意了。

辛西娅　这是我非常长的任务清单的第十六项,亲爱的,别

---

① Cher,美国影视女演员、流行乐歌手。

急啊。

斯　　坦　瞧你,你还有清单?

辛西娅　我还有写字台,嘿,还有电脑。

斯　　坦　什么?

洁　　茜　我见过,她没吹牛。

斯　　坦　哎哟,你在车间干了这么些年,这肯定很爽吧。

辛西娅　何止是爽,亲爱的。第一天的时候,我停车,下车就往车间走,就是条件反射。我就走到了门口,和往常一样,闻到了油和金属粉尘的味道,听到了机器的响声,感觉到了厂房的热腾劲儿。我走到自己的工位,说"嘿,兰斯、贝基",做好准备,我的身体知道该打包管材了。我就是干这个的。

斯　　坦　/你就是干这个的。

辛西娅　我启动机器,可大伙都看着我,翠茜说:"你他妈在这儿干吗呢?"然后我才想起来我可以去坐着。

洁　　茜　/你可以。

辛西娅　我没穿工装,不用站十个小时。我把护腰带松开,也不用担心我的手指被夹,或者脚跟起血泡。我不用出汗了,因为办公室有空调。这帮王八蛋还可以吹空调。

洁　　茜　当然了。

辛西娅　二十四年了,我不记得我跟办公室里的谁说过话,除非是去那里办文件。我是说，这些人和我们一样在厂里工作了很久，但他们就像公共汽车上坐你旁边的陌生人一样，你谁也不熟。

洁　茜　就是这样子。

斯　坦　是啊——

辛西娅　就像看着地图才发现，你离大海只有几英里远。但你他妈不知道，因为隔着一座山。

洁　茜　我真为你骄傲。你终于脱离车间了。

克里斯和杰森大步流星走进来，拥抱洁茜，突然间气氛变得欢快。

克里斯　大家好哇！

杰　森　我们晚了？！

洁　茜　没有，来得正是时候，我们切蛋糕呢。

杰　森　看起来不错呀。

杰森用手指抹了一把奶油。

斯　坦　哎，别捣乱。

杰　森	克里斯
/生日快乐！	（唱）"祝你生日快乐！"
洁　茜	辛西娅
/谢谢！快乐！	你们从哪儿过来的？

克里斯　刚骑着杰森的新车兜了一圈。

斯　坦　不是吧！

杰　森　是哟！

斯　坦　　　　　　　　　　辛西娅

恭喜恭喜！　　　　　　　　我希望你们戴了头盔。

克里斯　（对斯坦）你有什么喝的？

斯　坦　你还用问？

克里斯　总抱着新希望嘛。我就这样。

杰　森　哎，哥。

杰森扫视了一下屋子。

我妈呢？

洁　茜　我不知道。还想问你呢。

杰　森　别担心，她会来的。她老这样。

洁　茜　　　　　　　　　　克里斯

嗯。　　　　　　　　　　（对辛西娅）你这打扮够档
　　　　　　　　　　　　　次啊。

辛西娅　工作需要。

克里斯给了辛西娅一个拥抱。

洁　茜　你肯定为你妈骄傲吧？

克里斯　凑合吧。

辛西娅嗔怪地捶了克里斯一拳。

洁　茜　（对辛西娅）哎，辛斯，还记得我们第一次见面吗？你当时一脑袋卷毛，穿着松糕鞋，我还以为你在流水线上一天也坚持不下来呢。

辛西娅　你呢，看起来就他妈像琼尼·米切尔①戴着头带，头发垂到屁股上。

洁　茜　你猜我参加工作时多大，斯坦？

斯　坦　十九——

洁　茜　十八。十八岁！你能相信吗？我参加工作的那个夏天，我比你们几个还小几岁！

杰　森　你那时候肯定是个美女。

洁　茜　跟你说，我真的是。

斯　坦　是真的。

洁　茜　哎，那时候是夏天呢。我也没想太多，我以为自己最多也就在奥尔斯泰干六到八个月。你信吗？我收集了一整年的绿色邮票，还记得那种商店返券用的绿色邮票吗？我打算拿来换一个背包、一个帐篷。我集了大概有一万张。计划和我男朋友菲利克斯一起横穿整个国家。

辛西娅　菲利克斯。我记得他，他是个音乐家，对吧？

洁　茜　他有一把口琴。我们还计划去阿拉斯加，我爸在那边的一家罐头厂工作，在科迪亚克岛。

斯　坦　我认识你爸，菲尔·伦巴第，他长得像，嗯——

---

① 加拿大女歌手、画家、诗人。

洁　茜　詹姆斯·加纳①。

斯　坦　对，没错。

洁　茜　我十三岁的时候他离婚去了阿拉斯加。那年夏天很多人去了那里。记得吗？

斯　坦　当然记得。

洁　茜　天啊。我。菲利克斯。很久以前的事了。我们打算去阿拉斯加露营，过那种简朴环保的生活，然后攒够钱去印度，跟上师静修一段时间，然后继续嬉皮士之旅。在伊斯坦布尔、德黑兰、坎大哈、喀布尔、白沙瓦、拉合尔、加德满都流浪。去很多很多地方。我现在还全记得。那时我每晚都会把这些地名像念咒语一样念出来，像祈祷一样。伊斯坦布尔、德黑兰、坎大哈、喀布尔、白沙瓦、拉合尔、加德满都。我把这些地方都标出来了。我们有一张，嗯，世界地图，是菲利克斯从图书馆的地图册上撕下来的。《世界》。天哪……那时的计划就是这样。

杰　森　那，你们为什么没有去？

洁　茜　我工作了，认识了丹。可能这就叫"开弓没有回头箭"。

---

① 美国影视演员。

克里斯　你有遗憾吗?

问题重重砸在洁茜身上。

洁　茜　可能吧,我挺希望……希望有机会去看看外面的世界。就是离开伯克斯,一年也好。我遗憾的是这个。不是遗憾做了这个工作,我遗憾的是,有那么一瞬间好像,我不知道,是不是存在那样一种可能性。我会想到在世界另一边的洁茜,她会看到些什么。

莫名涌起的情绪。

哇,对不起。我没想到自己激动了。

斯　坦　我呢,我在越战以后,有机会去看了看世界。也不见得有多好看。有些东西,你不知道还更好。

洁　茜　是吗?你不知道的东西,你永远不知道,除非你想去知道,对吧?可已经太迟了。伊斯坦布尔、德黑兰、坎大哈、喀布尔、白沙瓦、拉合尔、加德满都。

翠茜风风火火地走进来。

斯　坦　总算来了!

翠　茜　活动可以正式开始了!

辛西娅　看看这是谁来了。

翠茜和洁茜拥抱。

洁　茜　(微笑)谢谢你为我们抽出时间。

辛西娅　(随便的语气)是啊!你迷路了?

翠　茜　行了，我这不来了嘛。对不起，好吧。别揪着不放了！

翠茜给了辛西娅一个尖刻的眼神。

洁　茜　好了好了，你们两个。咱们今天是来庆祝的！你们别计较了，好吗？别动气了。今天是我的生日。我的好朋友都来了，我就高兴。

辛西娅　是她一上来就那种态度。我本来好好的——

翠　茜　你有病吧？算了吧。杰森，给你妈一杯啤酒。

杰　森　妈？！

翠　茜　快点，快点。

她拥抱他。

我爱你！

杰森走到吧台前。

杰　森　来一杯。

斯坦倒了一杯啤酒。

洁　茜　你没事吧？

翠　茜　我为什么会有事？

洁　茜　我不知道啊，就是你——

翠　茜　我怎么了？没事。咱们庆祝吧！耶咿！

洁　茜　突然间，感觉不像庆祝了。

克里斯到点唱机上找一首曲子。杰森埋头吃蛋糕。

翠　茜　你们干吗小题大做的？我迟到了，对不起，我还是来了嘛。

停顿了一会儿。杰森把啤酒给了翠茜。翠茜有意没有坐在辛西娅旁边。

辛西娅　哎，翠茜，咱们能和好吗？因为打上次以后，我感觉气氛肯定不对了。可能是我敏感，可是……咱们做朋友这么久了，你对我一向都是有话直说的。有什么问题，告诉我。

翠　茜　哦？

辛西娅　不好意思，我就是不懂为什么我这么招人厌。怎么了？

翠　茜　现在不聊这个，好吗？

辛西娅　我接受这回的晋升，因为我觉得这对我们所有人都好。

翠　茜　嗯，是吧？

辛西娅　你说的那些东西对我不公平。你一向都看得很开。你可以不爽，可你不能针对我……

辛西娅指着手背上的皮肤。

看着我，翠茜。你不会这样下去的，我们俩有这么久的交情。你有什么问题，你就当面告诉我。

翠　茜　我只是觉得，呃……我……我看你和"他们"走得太近了……还有……那天在车间，我叫你，你就是不理我。

辛西娅　我得摆出忙的样子，这工作就得这样，亲爱的。

翠　茜　我知道，可我说的是你的态度。

辛西娅　对不起，行了吧！我还在学呢。别逼我太紧了，行吗？我现在压力很大。/他们还盯着我呢。

翠　茜　是吗？

辛西娅　是啊！

洁　茜　姐妹们，别这样。

翠　茜　……那你是不是有什么事情没告诉我们？

辛西娅　什么意思？

翠　茜　我不知道。

辛西娅　得了，别卖关子。

翠　茜　他们会裁员吗？

杰　森	克里斯
啊？	再说一遍？

翠　茜　回答我。

辛西娅　你从哪儿听的这种鬼话？

翠　茜　风吹来的。

　　　　他们都看着辛西娅。

辛西娅　……

翠　茜　是真的吗？

辛西娅　听我说，是有关于削减开支的讨论，但总是有——

斯　坦　/讨论？我们走着瞧吧。

辛西娅 我知道什么事要紧,不要以为我上了楼就看不到地板上的沙子。我和你们一样,我和你们同呼吸共命运。我不会——

翠　茜 你会告诉我们吧,对不对?

辛西娅 当然会。

翠　茜 你保证?!

辛西娅 我保证。

翠茜从口袋里掏出一张传单。

翠　茜 大家见过这张传单吗?

洁　茜 没有。

辛西娅	**杰　森**
没有。	这是什么?

翠　茜 当我第一次看到它的时候,我也不相信。可是一周前,我看到有几张贴到了加油站。你们知道这上面写了什么吗?

翠茜给辛西娅看传单。

辛西娅 这是西班牙语。我看不懂。

翠　茜 嘿,奥斯卡。

奥斯卡 嗯?

翠茜举着传单。

翠　茜 你可以给辛西娅念一念这个吗?

血 汗

第七场

2000年7月4日[①]

室外气温84华氏度（约29摄氏度）。《职业女性》杂志报道：美国部分行业的男女工资差距正在缩小；为应对近期暴力犯罪的上升，雷丁市警方清剿了一个犯罪高发的街区；雷丁市政府出资买下了一些危旧建筑，并将拆除它们，以改造城市面貌。

酒吧外。布鲁西抽着烟，显然是嗑嗨了。克里斯和杰森疾步冲出酒吧，从他身边走过。"窜天猴"在远处爆炸。

布鲁西　克里斯！克里斯！你妈妈在里面吗？

克里斯　不在，你别缠着她了，她不想和你说话——

布鲁西　等等。你有空吗？

克里斯　没有，有急事。

布鲁西　什么事这么急？

克里斯　厂里出事了。

杰　森　快点，克里斯。/走吧。

布鲁西　一分钟就好。

杰　森　哎！

[①] 美国国庆日。

克里斯　快说——

布鲁西　就是想问你能不能给我点……

克里斯　现在不方便。

杰　森　哎！走吧——

布鲁西　（微笑）我懂，可你掏口袋只需要五秒钟。

克里斯　是啊，可还得花一整周的时间来把里面的东西挣回来。

布鲁西　杰森你呢？

杰　森　不好意思，布鲁西。

布鲁西　我下周会有补助。支票还没到。

杰　森　没办法。

布鲁西　好吧，我懂了。可是……等等，等等，等等。克里斯？帮下忙？

克里斯在拥抱下让步了。

克里斯　十块，我只能给这么多了。

布鲁西　好嘞好嘞，没关系，谢谢你。

克里斯　我说，我们真的要走了。

布鲁西　为什么这么急？出什么事了？

杰　森　不知道，就是威尔逊说他们在小长假把三台机床搬出厂了。

布鲁西　什么？

杰　森　别问我了。我只知道他一小时前路过那里，去他的柜子里拿东西，机器就都不见了。

克里斯 不见了……

杰　森 混账王八蛋。他在打电话叫大家。

布鲁西 什么意思？

克里斯 不见了。搬走了。/不见了。

杰　森 就是他妈的没了。

克里斯 他们在门上贴了个牌子，原本是明天早上才会让人看到。

杰　森 一张名单。我、克里斯——我们俩的名字都在上面。

布鲁西 你认为这是什么意思？

杰　森 我不知道，但我会搞清楚——

布鲁西 混蛋奸商——

克里斯 真想打人。

杰　森 我们要去工厂，我要亲眼看看。

布鲁西 你妈妈呢？她知道这件事吗？

克里斯 哎，我希望她不知道。

布鲁西若有所思地笑了。

有什么好笑的？

布鲁西 我不是笑你，哎，我靠。我只是很难过。我知道轮不到我说话，但这事才刚刚开始。他们会搞到你头上的。我的建议：有让步就接受吧。

克里斯 你什么意思？

布鲁西 因为我们之前在纺织厂罢工,心很大,结果他们停了我们的工,我们的乐观估计都被打破了。我们再也没能回到厂里。快两年了,我们还是什么也干不了。不要让他们招实习工进来,要抗争到底。因为一旦这样,你们就玩完了。听到了吗?六个月前我不会这么说,可这都是实话。

杰　森 哎,我祈祷不会闹到那个地步。

布鲁西 那你得全心全意祈祷了,孩子……

杰　森 ……走吧,克里斯,咱们走。

布鲁西拿出那十块钱。

布鲁西 拿着,我撑得过去。相信我,这钱你用得着。没了机器,就没了工作。

就这么简单。

杰　森 操/他大爷!

克里斯 咱走吧!

第一幕结束

第二幕

•

第一场
2008年10月13日

室外气温79华氏度（约26摄氏度）。新闻播报：道琼斯指数上涨916点，创下有史以来最大涨幅；继政府的银行救助计划在全球范围内获得批准之后，在宾夕法尼亚州的伯克斯县，用户欠费造成的停电事件比去年增加了111%。

翠茜的公寓家徒四壁。仿佛所有的东西都清仓处理掉了。

翠　茜　你有话要说吗，还是在等我跳舞给你看？
杰　森　我鼓起很大的勇气才按了门铃。
翠　茜　叮咚，真难啊。
杰　森　我不想来的，我又觉得你见到我可能会开心。有什么喝的吗？
翠　茜　谁告诉你可以坐下了？
杰　森　我坐下是因为我累了。
翠　茜　你他妈干吗在脸上弄那玩意儿？
杰　森　刺青而已。别管我。
翠　茜　哼，看起来很傻。

　　　　　　翠茜递给杰森五块钱。

杰　森　你就这么点?

翠　茜　要不呢,别拿了。我现在没工夫跟你闲扯。你莫名其妙一个电话过来,"妈,我要钱!"我差点没接电话。如果我不接呢?那你怎么办?

　　　　　　杰森翻弄着钞票。

杰　森　逗我呢?五块钱,什么呀,三根烟、一杯冰沙?我打电话的时候,你说你有钱。我大老远跑过来,就这?他大爷的。

翠　茜　不好意思,给你添麻烦了。我本来有钱的,只是——

杰　森　操。不是真的吧?

　　　　　　停顿了一会儿。很明显,翠茜染上毒瘾了。

　　　　　这样多久了?

翠　茜　什么多久了?

杰　森　别跟我来这套,你知道我在说什么。

翠　茜　真是劳大爷你费心了。把钱还给我,给我滚蛋。

杰　森　你这样子太糟糕了。

翠　茜　我这样子太糟糕了?你最近照过镜子吗?

杰　森　你真的只剩这点了?

翠　茜　对。我又不是开钱庄的。

杰　森　胖亨利说你嗑药了,我还不相信。

翠　茜　胖亨利就该少管闲事。这是治我的背疼用的。

杰　森　阿司匹林不行吗?

血 汗

翠　茜　哈，哈。真逗。你懂个屁。你……懂……个……屁！

杰　森　行！

翠　茜　完事了？

杰　森　……

翠　茜　我什么时候能要回来？

杰　森　这五块你还想要回来？

翠　茜　对，我还想要回来。明天可以吗？

杰　森　嗬，当我没问你吧。这么麻烦。

翠　茜　那行，放在那儿吧。

　　　　她变得焦躁不安。她毒瘾上来了。杰森递上钱，她拼了命一把抢过去。

杰　森　老天爷，看看你这样子。

翠　茜　啥啊？！

杰　森　怎么会变成这个样子？

　　　　似乎克里斯和辛西娅一直在暗处。我们过渡到辛西娅的简陋公寓。辛西娅紧张而兴奋，抢先走进房间。她穿着一身养老院的保洁制服。

　　　　她捡起几个乱扔在地上的外卖食品盒。

克里斯　哦，这就是你住的地方？

辛西娅　嗯，我暂时先这么凑合着。你饿吗？

克里斯　不饿。我东西放哪儿？

辛西娅　都可以。

克里斯环顾四周，放下了包。

克里斯　你没说你搬家了。

辛西娅　没有吗？

克里斯　原来房子呢？

辛西娅　还不起贷款了……你想喝点什么还是？

克里斯　不用。

辛西娅　你出来了怎么不让我知道？我还是听人传才知道的。

克里斯　我只是需要点时间。还在调整。慢慢把状态找回来。

辛西娅　你出来多久了？

克里斯　六周了吧？

辛西娅　你为什么不给我打电话？我可以去接你的。

克里斯　我不知道，我不太想打扰你。

辛西娅　别胡说了。就住在这里吧。

克里斯不安地摆弄着手中的《圣经》。

辛西娅　那是什么？

克里斯　我的《圣经》。

辛西娅　《圣经》？

克里斯　嗯，《圣经》。

辛西娅　我听说你信了教。

克里斯　我不知道你听说了什么，反正这本书救过我的命。

辛西娅　你站着干吗？你在那晃悠搞得我都紧张。坐下来，放松点，你回家了。

克里斯坐在沙发上。辛西娅微笑着,试图打破尴尬。

辛西娅 你变得像男人了,是吧?比我上次看你的时候胖了。看起来不一样了。

克里斯 你也是。你还好?

辛西娅 还好,还好。

克里斯 都好?

辛西娅 都好,都好。

克里斯 你,呃,工作呢?

辛西娅 我在大学干点钟点工。在养老院也接点活儿,在周末。零敲碎打呗。我这个人你也知道,干活儿的命,闲不住。

克里斯 嗯,我在附近走了走,看到斯努奇的厂子关了。

辛西娅 是啊。

克里斯 碰到了……呃……

辛西娅 谁?

克里斯 朋友。

辛西娅 不好意思,我最后几个月都没办法去看你,太花钱了。

克里斯 嗯。

辛西娅 大家都问我你什么时候出来。可这么些年,你都已经成了日历上的记号,我都要被逼疯了。天啊……经历了这么多事,你知道我只想说……

辛西娅努力压抑住情绪。

对不起。

克里斯 对不起什么?

辛西娅 就是,我应该……

克里斯双手环抱住辛西娅。

克里斯 没事了。没事了。别往心里去。告诉我发生了什么事。你原来那些姐妹呢?翠茜?

辛西娅 不想管她。出事以后。我们已经不怎么——

克里斯 你听说了吗,杰森出来了。

辛西娅 是吗?什么时候的事?

克里斯 不知道,几个月前吧。

辛西娅 那个小王八蛋。他有什么可说的?就是他把你害成这个样子。如果不是他……你就已经……我真想杀了他。

克里斯 都过去了。我也不能老纠结这个。

辛西娅 哎,我还是想弄明白当时的情况。克里斯,发生了什么?

第二场

2000年7月17日

八年前。室外气温82华氏度(约28摄氏度)。新闻播报:联邦政府放宽了条件,让更多的家庭可以在雷丁市公立学校享受免费或减价的学校午餐;包括3M、强生、通用电气在内的一些

美国公司在内部增加了对领导力的培养，为少数族裔员工提供更多机会。

酒吧。争论的喧闹声。克里斯、杰森、洁茜、翠茜、辛西娅、斯坦和奥斯卡在酒吧。

辛西娅　别吵了！别吵了！/别吵了！

翠　茜　告诉我们是怎么回事？/跟我们说实话！

克里斯、杰森和洁茜提高嗓门表示同意。一片混乱。他们继续责备辛西娅。

辛西娅　不要冲我喊！不要喊了。听我说，听我说，听我说！我……我在想办法。

翠　茜　这到底怎么回事？

辛西娅　我也觉得他们干的不是人事。我向你们保证。我不知道这事。我跟你们一样，才知道……听我说……我正在里面为咱们争取呢。

翠　茜　咱们？你保证过的！

辛西娅　……如果我知道他们会把一半的机器运走，我肯定会告诉你们的。可我是接到威尔逊的电话才知道的。

翠　茜　那你为什么一直躲着我们？

杰　森　是啊！

辛西娅　我没有躲着你们！我在工作呢，而且告诉你们，我是唯一一个愿意和你们面对面交流的主管了。

翠　茜　你真棒,可我们该怎么办?!说呀!

辛西娅　我和你们一样想得到答案。我才开完会出来……

洁　茜　什么会?

辛西娅　我甚至不应该和你们说话。

翠　茜　是他们派你来的?

辛西娅　别傻了,我下班了,如果他们知道我来这里说这个,我要被炒鱿鱼的。

翠　茜　反正我都不知道你说了什么。

辛西娅　好吧,是个坏消息,他们打算利用这个机会,和你们重新谈合同。

翠　茜	**洁　茜**
什么?从什么时候开始?	我他妈就知道。

辛西娅　据说他们会要求实质的让步,他们准备来硬的。

杰　森　他妈的。

克里斯	**翠　茜**
不是吧。	我们也是。你去告诉他们,他们不能这样做。

翠　茜　我们不怕罢工。

克里斯	**杰　森**
绝对不怕!	他妈的没错。

翠　茜　他们想怎么样?他们把机器运出去还不够吗?而且他们最好别再要我们加班了。

克里斯	翠茜
操他大爷的。	我们不是牲口。我们不能……我不能。不可以！

洁茜	杰森
/绝对不行。	门都没有。

辛西娅　我已经和他们说了，会引起激烈反应的。我一连三个晚上没睡，都在想这个。想着你们。但是，我有些话得直说了。他们在盯着这些岗位，你们有些人挣得太多了。

翠茜	辛西娅
你挣了多少？	你们在奥尔斯泰干太久了，他们不想再背这个负担了。

群情激愤。

洁茜　啥，我们现在成负担了？

杰森	克里斯
我们他妈的是负担？	啥！啥！

辛西娅　现在有了这个狗屁北美自由贸易协定，他们明天一早就可以把整个工厂搬到墨西哥，那里像你这样的女人愿意一天站十六个钟头，只挣你工资的一小半。

翠茜　反正，他们不能这样。

洁茜　为什么是现在？

杰森　工会不会允许的。

克里斯　莱斯特他们会搞定的。

群情激愤。

辛西娅 你们猜怎么着，工会拿这没什么办法。

洁 茜	**克里斯**
什么？	这怎么可能？

辛西娅 机器已经搬走了。不会回来了。

洁 茜	**克里斯**
搬去哪儿了？	真他妈操蛋。

群情激愤。

辛西娅 但是，如果咱们能把握好机会，咱们能保住剩下的工作。这才是重点。没有人想走。可咱们也得现实点，你以为只有你一个人吗？看看克莱蒙公司的情况吧，工会硬杠上了，结果怎么样？你想加入那些失业的人，请自便。真的，听我说——

翠 茜	**洁 茜**
哎哟。	我不明白怎么会变成这样！

辛西娅 我在想办法……

洁 茜	**杰 森**
我们累死累活，工厂也在挣钱啊。	如果他们有意见，为什么不直接点？

克里斯 让她说完。让她说完。妈，他们是想把我们都挤走吗？

辛西娅 你们也看到了，我们都在家睡觉的时候，他们溜进厂去拆掉机器有多容易。

洁　茜　/机器哪儿去了?

克里斯	辛西娅
我的妈呀,老天。	我向你保证,它们已经到墨西哥提华纳了。

辛西娅　管理层说,在这儿开厂子太贵了。我——

杰　森　如果他们想拯救自己的宝贝工厂,怎么不给自己减薪?

克里斯　就是!

辛西娅　因为他们就是不愿意,你们知道他们的办法。如果你们不接受他们的条件,他们就会拍屁股走人。这样一来,他们当逃兵也不用看到你们的尸体。

杰　森　真扯淡。

辛西娅　我现在说的都是实情。现在,我他妈一点也不想要这个工作,但如果我走了,你们就真的谁也不能指望了。我说话可能没太大分量,但我是站在你们这边的。

翠　茜　那你就拿出点行动来!你和他们一样,都在找一样的借口。咱们是朋友啊!

辛西娅　……我正在尽我所能,亲爱的。再说,我也不知道你还想让我做什么?

翠　茜　为我们拼命啊!

杰　森　是啊!

辛西娅　你觉得真有那么容易?

翠　茜　我们所有人都在生产线上。别绕弯子了!

辛西娅　……

克里斯　妈?

翠　茜　辛西娅!

洁　茜　快他娘的说实话吧!

克里斯　别急,听她说。

辛西娅　没那么简单。我可以告诉你事情会怎么往下发展。他们会要求每个人都减薪来保住工作。六成。

翠　茜　什么?

克里斯	洁　茜
妈的六成?	六成?!

杰　森　怎么可能?

辛西娅　下一步他们会要求你们在福利待遇上做出让步。我说的都是真的。不开玩笑。他们会要你们工作更长的时间。他们会留一点点的妥协余地,然后他们会等到你们扛不住,最后接受条件,到时候你们还会觉得自己一赚了小把。

洁　茜　你在说什么?

辛西娅　问莱斯特,他是工会委员。他和他们谈过。

翠茜强忍着泪水。杰森安慰她。

杰　森　他们不能这样!

克里斯　不行!

杰　森　如果我们说不呢?

克里斯　对！

辛西娅　你们对付的是一群毒蛇！规则已经变了！他们会停掉你们的工，而且一旦他们把你们赶出来，就不会再让你们回去。

翠　茜　哼，去你妈的！滚他们的蛋！我才不会举手投降。你去告诉那些混蛋，就算是他们想要我的命，我也会先把这个工厂烧掉。

杰　森　就是这样！

克里斯　没错。

抗议声此起彼伏。

辛西娅　情况你们现在都知道了。工会要投票了！做你们的决定吧！

沉默。

第三场

2000年8月4日

　　室外气温80华氏度（约27摄氏度）。多云，天气宜人。新闻播报：共和党总统候选人乔治·W.布什在全国大会后，开始乘火车访问中西部多地。

　　酒吧里。辛西娅独自坐在一张桌子旁。斯坦给她倒了一杯酒。

辛西娅　巴拿马运河的游轮。我现在就想去那儿。坐在泳池边，手里一杯"椰林飘香"，喝着小酒。

斯　坦　水面上吹来微风。这么过生日倒真不错。
　　　　你还好吧？热吗？我去开空调？

辛西娅　不用，没事。

辛西娅环顾四周。

辛西娅　我还有点希望他们能来。我们经常一起过生日。

斯　坦　你能怪他们吗？

辛西娅　那我有什么办法。

斯　坦　我也就说说。

辛西娅　得了吧，别用这副表情看我。

斯　坦　好吧，你也不容易。

辛西娅　是真的……你知道有多疯狂，我刚进厂的时候，我感觉就像被邀请加入了一个专属俱乐部。我们这样的，没多少人能在那里工作，我们这种人很难。所以穿上工作外套让我很有成就感。我安定下来了。我拿到工会证的时候，感觉自己就是天下无敌。有时我买东西的时候，还会故意让它滑出我的钱包掉到柜台上，好让别人看见。我真的很骄傲。

斯　坦　我记得那种感觉。

辛西娅笑了。

辛西娅　是。我们家里没有人能从车间升上去。

斯　　坦　/是……

辛西娅　而且，我太想要这份工作了。我一进工厂，就看到那些白帽子下班时的衣服和进来时一样干净。他们就不是凡人。

斯　　坦　你现在过得怎么样？

辛西娅　屎一样。我让我的朋友都停工了，斯坦。我解释过，争取过，央求过。但楼上那些懦夫还是让我在门上贴了纸条，告诉他们说他们不受欢迎。95度的气温。我就站在门里看着那个死胖子给他们的柜子换锁。全都赶出工厂。你知道吗？我在想，他们是不是故意给我这份工作的。让我去堵枪眼，这样他们就能待在有空调的办公室里了。你知道那种感觉吗？对和你共事多年的人说他们不受欢迎了？我已经……一个多星期没睡觉了。

斯　　坦　哎，不是只有你这样。

辛西娅　我很害怕，斯坦。我还有房贷要还、车要养，还有布鲁西，你也看到了，没了工作把他变成了什么样。我不能那样倒下，我已经拼到这一步了。我错了吗？

斯　　坦　哎，老天啊。

辛西娅　我知道，我知道。但我能怎么办？你告诉我！工厂给了他们机会。工会投票否决了。不是我！

斯　　坦　你想让我说什么，亲爱的？那些都是我的朋友。

辛西娅　我们的朋友。

斯　坦　那你就想想他们的感受。有些人甚至不希望我给你倒酒。

辛西娅　我半辈子都待在车间里。我的儿子算是在那个地方出生的。你别跟我在这义正词严的。

斯　坦　好，我不管这事，可你也管不住别人的嘴。

辛西娅　我以为他们会接受条件。你以为我很高兴吗？我停掉了自己儿子的工，我自己的儿子。我看到他脸上的受伤表情……你要想知道实情，实情就是这样，也许这样最好，对吧？他终于能从这个无底洞里逃出来。

辛西娅没有说下去，她觉得这一切太难了。斯坦察觉到了，又给辛西娅倒了一杯酒。

斯　坦　事情闹成这样不是你的错。我跟五六个你这个位置的人聊过。我表哥在克莱蒙公司，他们裁了四百人。就这样，你前一天还好好的，后一天就倒了大霉。克莱蒙！这种事就不应该发生在我们这样的人身上，但我最近已招待太多来买醉的人了。生意够好的。不只有你一个。

辛西娅　这到底是怎么了，斯坦？

斯　坦　不知道。我也不明白。不过，我看这些政客东拉西扯的，就感觉到他们自己平步青云时，根本注意不到人间在发生什么。反正，我一个月前就决定了，我不会投票，因为不管我帮哪头，都会失望。

辛西娅 （动情）上帝保佑。你还记得大概七个月前？记得弗雷迪·布伦纳烧了他的房子？

斯　坦 当然记得。

辛西娅 咱们还觉得他疯了。

斯　坦 是。

辛西娅 他疯了吗？

> 翠茜和洁茜上场。她们在看到辛西娅时停下脚步。气氛明显紧张起来。

翠　茜 （用鼻音）臭叛徒。

辛西娅 你说什么？

翠　茜 我说你是臭叛徒。

洁　茜 在朋友头上拉屎的感觉怎么样？

> 辛西娅站起来。

辛西娅 （对斯坦）我走了。

翠　茜 对，溜吧。

辛西娅 我不是溜，我是离开。这有区别，你给我分清楚。其实你们明明可以接受新方案的。

翠　茜 什么方案？！我宁愿被停工，从工会领救济，也不能放弃我辛辛苦苦挣来的一切。就是这样。

洁　茜 你干的事就是错的！

翠　茜 他们根本就没有给我们选择！我们拼死拼活了这么

多年。

辛西娅 我只是个传话的,亲爱的。我不是管事的。

洁 茜 (大喊)你应该和我们站在一起!

辛西娅 (同样大喊)我在啊!

翠 茜 你知道我的感受吗?我来到工厂,人家告诉我不能进厂,多年的老员工也没用。我连去我的储物柜里拿东西都不行。我老公的照片还在那里。还有我爷爷的工具箱。

辛西娅 我去帮你拿回来,亲爱的。

翠 茜 我不准你碰我柜子里的任何东西!他们连让我们有尊严地离开这点风度都没有。门上贴一张纸条,这算什么?然后看到你就站在那里,我以为自己要爆炸了。

辛西娅 我提醒过你。我也不想这样。

翠 茜 我就看着你的眼睛。只要给我点暗示,辛斯。一点点眼色,让我知道会没事的,但你他妈的看都不看我。

辛西娅 我的处境也难得要死,亲爱的。那些人对我的态度都让我犯心脏病了。我在尽我的全力不让事情变得更糟。

翠 茜 我他妈该怎么办?你说说?你本来可以给我打电话的。发个警报。真的。我应该怎么办?谁还会雇我?

辛西娅 我知道这很痛苦,亲爱的。接受方案吧。

翠 茜 不可能!你知道自己在说什么吗?

洁 茜 我可以来杯啤酒吗,斯坦?

斯　坦　没问题。

翠　茜　前几天，我去了工会办公室。你知道他们给了我什么？一袋日用品和几张超市的优惠券。他们叫我们坚持住，他们会提供帮助。好啊，帮我把生活费付了，这才是我要的帮助。可是，你知道有多少人在那里领救济吗？我当时就想看着你的眼睛，让你给我点暗示，辛斯。太欺负人了。

辛西娅　听我说，我很抱歉。

翠　茜　这话对我有什么用？嗯？你想要我拿这句话做什么？你知道吗？这是我一整周来第一次离开家。你知道起床后无处可去是什么感觉吗？我从来没有过这种感觉。我是个工人。我从会数钱的时候就开始工作了。我就是这样。我想我不要出门了，你知道为什么吗？因为我不想花钱，因为我用完失业金就什么也没有了。所以，我哪儿也不去。要不是洁茜给我打电话，我现在还坐在沙发上发愁，抠着我手指甲呢。你来这里干吗？嗯？你想干吗？

辛西娅　今天是我的生日。我们以前都来这里庆祝。

停顿了一会儿。翠茜点了根烟。

翠　茜　你还记得那次我们去亚特兰大城，过你的二十五岁生日？

辛西娅　记得，那是在汉克生病之前。

翠　茜　杰森和克里斯都还小。当时只有我们四个人：你、布鲁西、我和汉克。我们奢侈了一把，订了个套房。

辛西娅　我当然记得……是去看拳赛，拉里·霍姆斯。

翠　茜　对，汉克有一个朋友，很会花钱。拳赛结束后，他邀请我们去那种私人会所，特别豪华的那种。香槟、自助餐、海鲜拼盘，什么都有，豪气得很。

辛西娅　你提这个干吗，翠茜？

翠　茜　布鲁西在赌桌前顺风顺水。运气好得不得了，拦都拦不住。筹码就往他面前蹦。要我说，那天晚上他挺迷人的。

辛西娅　他是不错。

翠　茜　然后来了个小妞。

辛西娅　哎，别说了——

翠　茜　对，一个小妞。有腿，有胸，有屁股，头发也做得很漂亮。撩人真的有一套，"走"过来就黏住布鲁西了——

洁　茜　黏？

翠　茜　她那胸大得夸张，吓死人。她那衣服，就跟没穿一样。我不是女同，可连我都忍不住要看她的胸。

辛西娅　你说这事干吗？

翠　茜　那个小妞发情了，她就这么轻轻把手放在布鲁西的肩膀上，像这样。我一看辛西娅——

辛西娅　别说了——

翠　茜　这时候——

辛西娅　别——

翠　茜　她呀——

辛西娅　妈呀，别说了——

翠　茜　她那副样子。石器时代。史前时代。霸王龙。我知道那是什么意思，布鲁西知道那是什么意思，但那个婊子不知道。那对大咪咪还靠过来，对着布鲁西的耳朵说悄悄话。这下好了，你一把攥住那小妞的奶子，手指甲死命掐进去。

辛西娅　是，我动手了。

斯　坦　哇。

辛西娅　我多喝了几杯龙舌兰酒。我只想用指甲把她那假奶子扎个透。

翠　茜　我反应过来的时候，辛西娅已经滚到地板上了。两个成年女性。场面太可怕了。你就像职业摔跤手一样跟她打了起来。

斯　坦　天哪，亚特兰大城。我就是因为这个不会去。

翠　茜　可是我记得自己在想：这才是我的朋友。她够硬。不要惹她。她会为她所爱的东西拼命，哪怕打翻坛坛罐罐，打得头破血流。这才是我的朋友。我很怀念那个有这种信念的辛西娅。

辛西娅　你想要我做什么，翠茜？

翠　茜　和我们一起罢工吧。

洁　茜　一起罢工吧。来吧。

辛西娅　不行。

洁　茜　来吧。

辛西娅　我从十九岁起就站在生产线上了。给我下指令的都是不怀好意的人，甚至有种族歧视的人。可我老老实实站在生产线上，耐心地等着休息。我觉得你们不明白，但如果我罢工，我放弃的不仅仅是一份工作，我放弃的是我花费的所有时间，放弃的是一直站在生产线上等到的机会。

翠　茜　你想要我们同情你？

辛西娅　……我没指望你理解，亲爱的。你不明白我的处境。这些年我已经背了太多黑锅，可是我拼了命最后从车间升上来。尽管说我自私好了，我无所谓，随你们怎么说我，但你们记住，为了最终能赢，咱们必须有人要活下去。

第四场
2000年9月28日

　　室外气温63华氏度（约17摄氏度）。新闻播报：第一夫人希拉里·罗德姆·克林顿在与里克·拉齐奥的纽约参议院竞选对决中，民调数据表现强劲；美国人维纳斯·威廉姆斯和塞雷娜·威廉姆斯在悉尼夏季奥运会上夺得女子网球双打金牌；三名墨西哥移民农场工人在雷丁市开车撞树身亡。

　　酒吧。布鲁西坐在一张桌子旁，斯坦在吧台前。布鲁西略显颓废，神情恍惚。克里斯和杰森风风火火地闯进来。

杰　森　我不听这种鬼话。我才不管别人说什么，韵律体操就不是一项运动！
克里斯　你先试试用脚指头接球，再跟我说这不是运动。
斯　坦　克里斯。

　　斯坦指了指趴在桌上的布鲁西。

克里斯　（松了一口气）天哪。你看看你这样。你跑哪儿去了？我跟你说，我电话都打遍了。哎哟，你跑哪儿去了？
布鲁西　别紧张。我不在这儿嘛。咋了？
克里斯　嘿，小杰。给我叫杯啤酒。
杰　森　行。
　　　　（担心）怎么回事，布鲁西？你没事吧？
布鲁西　我为什么会有事？
克里斯　/靠。
布鲁西　你们还在死扛着？
杰　森　你知道的。有劲没处使，手头没钱花。但莱斯特说都会好起来的。
布鲁西　这话我以前也听过。

> 杰森靠近布鲁西。

杰　　森　嘿，大家都说——
布鲁西　我没事。别靠那么近。
杰　　森　好，好。

> 杰森走向吧台。

克里斯　你不能这样啊。玩失踪？看着我。你上哪儿去了？
布鲁西　没上哪儿。
克里斯　妈嘴上不说，但她担心得要命。
布鲁西　她呀，表达方式倒是很特别。
克里斯　一个月了，没有人见过你。到底怎么回事？搞什么？你不去罢工纠察了？
布鲁西　……嗯。
克里斯　爸！我跟你说话呢！你上哪儿去了？！！
布鲁西　呃，暂时住在你克里夫叔叔那儿。
克里斯　你需要振作起来！不能再这样了。
布鲁西　我在努力。嘿，别这么看着我。我在努力。好吗？
克里斯　……
布鲁西　我在**努力**。
克里斯　你嗑药了？
布鲁西　我他妈是成年人了，我不需要跟任何人报告。特别是跟你，小鬼！走开好吗？
克里斯　你对我就这态度？去吧，当你的行尸走肉吧，关我屁事。

    克里斯坐到吧台前。

杰　森　　别管他。

    停顿了一会儿。

布鲁西　好啦,克里斯。我不是来干仗的。好啦。

克里斯　你怎么回事?厄尔和桑德斯他俩都给我打了电话。

布鲁西　我不知道。我能跟你说说几周前发生的一件事吗?

克里斯　其实,我不想听/你那些破事——

布鲁西　克里斯……求你了!克里斯!

    克里斯走到布鲁西身边。

克里斯　说吧。

布鲁西　我和平常一样,在罢工纠察线游行。这时下起雨来,一下子就变成了大暴雨,大家都跑开了,可我……我就站在那里……动弹不了。我浑身都湿透了。我还是动不了。然后……终于有人把我拉进帐篷里擦干,但我的整个身子还在颤抖,停也停不下来。太吓人了。自从我妈去世以后,我还没有过那种失控的感觉。

克里斯　你还好吗?别让自己倒在这上面。

布鲁西　……

克里斯　你听到了吗?

布鲁西　好。好。我没事。你能请我喝一杯吗?

克里斯　……可以。

布鲁西　谢谢你,谢谢你。

> 克里斯走到吧台前。斯坦倒了一杯啤酒。

布鲁西 你们呢……你们还好吗?

克里斯 硬撑着。哎,他们在挑战我们的底线。有些人已经扛不住了。

杰 森 真的!

克里斯 我看到有人/进厂复工了,我想揍他们一顿。

> 握紧拳头。

杰 森 这帮混蛋!

布鲁西 我听说了。不过你怎么回事?你开学了吧?

克里斯 没,这学期我没去注册。

布鲁西 为什么?你妈怎么说?

克里斯 我跟她之间关系有点紧张。所以——

布鲁西 你得告诉她。

克里斯 有什么好说的?我知道她会说什么。可是,你能懂我的,对吧?

布鲁西 ……

克里斯 对吧?而且这破事闹成这样,我也没挣到学费。情况有点糟。我本来还指望着今年夏天的两班倒呢。

布鲁西 听我说,克里斯,我也帮不上什么忙/我——

克里斯 我不用你帮,好吗?现在我的心思也不在这上面。

布鲁西 你得把心思放上去。我被停工到现在,这事可结束不了。你确定要这样?

克里斯　只能这样！你还总是说——

布鲁西　不要管/我怎么说——

克里斯　你教我要敢想敢做。我还记得你第一次参加罢工纠察示威的时候。

布鲁西　嗯，我们罢了快两个月的工。怎么了？

克里斯　有一天晚上，你在家里开了个大会。

布鲁西　/是——

克里斯　可能有十个、十五个人，吵吵嚷嚷的，就像在街头打架。我躲在门口，我也不知道你们在讨论什么，但感觉好像要出大事……

布鲁西　那是鲍比·霍尔登在厂里被弄断手那次。

克里斯　你们都在大声喊，如果他们不满足你们的要求，要怎么投票。

布鲁西　对。

克里斯　突然，你站了起来，一瞬间，你看起来像另一个人，更高大了，像个变形金刚。你一说话，大家都冷静下来，一个个点头。你说，呃……"我们……我们不能坐以待毙，任人宰割"。

布鲁西　我真这么说的？

克里斯　反正差不多。我也不知道。反正，我记得你声音里的那一团火，还有它给我的感觉。放学后，我就和朋友骑车去工厂，看着你们纠察示威。你们就像战士一样，手挽着手，肩并着肩。

布鲁西　就是鲍比·霍尔登——

克里斯　你知道吗？昨天我一边示威一边听莱斯特说我们要做出牺牲来维持工厂的运转时，我满脑子都是你那天晚上说的话。是你！让我明白了坚持下去的意义。

布鲁西　这话我有点说不出口，我至死都是工会的人，但你没必要把自己搭进去。/你——

克里斯　我有必要。我才不要做个软蛋！这是他们想要的。

杰　森　没错！

克里斯　我才不管别人说什么，我们要齐心协力。他们打不倒我们！

杰　森　就是这样！

布鲁西　你以为他们会在乎你？我告诉你，他们都不认识你！

克里斯　那我就让他们认识我。

布鲁西　你觉得有用吗？一场大乱之后，烂摊子谁给你收拾？你说说。

克里斯　……

布鲁西　你有的选择，我没有。我怕死学校了，我说真的。我就是想说这个。

停顿了一会儿。

你真想知道我去哪儿了？

克里斯　……不想。

布鲁西　我想也是。别放弃你追求的东西。罢工总要结束,那然后呢? 我就想知道,然后呢?

第五场
2000年10月7日

　　室外气温72华氏度(约22摄氏度)。新闻播报:又一次校园枪击事件后,司法部部长珍妮特·雷诺向公众保证,"美国校园是安全的";有两百人在雷丁市一家电子产品特卖店门口露营过夜,希望成为第一批买到售价350美元的索尼Playstation二代游戏机的人。

　　酒吧。电视屏幕亮着。洁茵坐在桌边。斯坦检查库存。奥斯卡进来。停顿了一会儿。

斯　坦　所以,你打算什么时候告诉我?

奥斯卡　什么事?

斯　坦　你进厂上班了。

奥斯卡　谁告诉你的?

斯　坦　尼尔森。

奥斯卡　他们在招聘兼职临时工,顶替一部分被停工的工人。我可以早上去干几个钟头,可能还可以干全天。

斯　坦　小心点。

奥斯卡 小心什么?

斯　坦 小心什么? 大家现在情绪很激动。小心这个。

奥斯卡 哦,反正,他们一小时给十一美元。

斯　坦 我知道。从你的角度看是不错的,但那十一块钱是从很多好人的口袋里掏出来的。这些人可不会高兴。

奥斯卡 好吧,我很遗憾,但这不是我的问题。我想进那家厂子已经两年了。可每次我问他们,都被推回来。所以现在,我愿意灵活一点,既然那些人不愿意灵活。

斯　坦 你想听听我的意见吗?

奥斯卡 我有选择吗?

斯　坦 不要去。

奥斯卡 这是你的意见。你要给我涨工资吗? 嗯?

斯　坦 这我做不了主,霍华德说了算。我只是把钱放进钱柜,我不负责取出来。不过,我去问问他吧。

奥斯卡 他们每小时能让我比在这里多赚三美元。三美元。我高中毕业后接触过的任何工作都没他们的好。所以,我不怕越过纠察线去上班。让他们张牙舞爪吧,反正,跟我走在自己家附近比起来,这已经没什么吓人的了。我吃过苦。我不怕硬碰硬。

斯　坦 行,硬汉。不过,你信不信,你会结下仇人的。都是你认识的人。

奥斯卡 他们本来也不是我的朋友。没有人来我家帮我浇过花。

斯　坦　好吧。我想说的是，我觉得这只会一团糟。再过六个月，看，他们又会招来一拨人，像你这样愿意越过纠察线去上工的人，你猜怎么着？他们就给十块钱，你看吧，然后你就丢了工作，希望有人支持你。可是没有人支持你了。我告诉你一件事吧。我老爸……

奥斯卡　是是是——

斯　坦　你别跟我"是是是"。我爸花了四十二年的时间建起那个工厂，还有那些福利、那些工资、那些你做梦都想要的休假时间，你猜怎么着？在不景气的时候是他在奋斗。就是这么回事。你以为自己可以半路横插进来，一天之内把这一切都毁了？那些人不会善罢甘休的。

奥斯卡　你冲我来干吗？我没有不尊重你。我只是想挣钱，仅此而已。三年来，我只能扛板条箱。我在墙上贴着二十美元的钞票，抽屉里放满励志贴纸。在小商店买好运香水，还有蜡烛，我二十四小时点着。一直干这些就是为了祈求好运。就是这样。只求能多挣点钱。就是这样。我爸爸，他在一间像奥尔斯泰这样的工厂扫地，那些混蛋连工会证都不给他。但他每天早上都四点起床，因为他就想在钢铁厂工作，这是美国人的生活方式。所以他一边扫地一边想，"总有一天他们会让我加入的"。我知道他的感受，这么多人每天来这里。

他们从我身边经过，却都看不见我，也不会说"你好，奥斯卡"。如果他们看不见我，我也不用看见他们。

斯　坦　我理解。可是，何必呢？去别的地方吧，不要去奥尔斯泰。你不会想要这样的。

奥斯卡　你知道我不想怎么样吗？我不想这样。

奥斯卡动作夸张地穿上围裙。然后他扛起一箱啤酒，搬到后面。翠茜跌跌撞撞地走进来，邋邋遢遢。她走到吧台的尽头。

翠　茜　嘿，斯坦。

斯　坦　瞧瞧是谁来了。

我选准了一组号，你想让我给你加注五十美元吗？

翠　茜　不用了。先不用。

斯　坦　你确定？两年前你中过的。

翠　茜　先不了，能给我来一杯加冰的双份伏特加吗？

斯坦倒了一杯饮料。

斯　坦　你挺忙的？

翠　茜　尽量吧。早上就去纠察线示威。下午打电话。现在还没有进展。工会出钱让大家回去上学，可是我从来不喜欢上学，但他们给什么我就先用着，等我找到糊口的办法再说。

斯　坦　快三个月了。操。

翠　茜　谁能想到呢。

斯　坦　我还在想怎么会走到这个地步……

翠　茜　得了，别想了。大家都把我们当成残废了似的。我没事。而且有好消息，我背疼好了。

斯　坦　那太好了。

翠　茜　谢谢。这杯给我记账。

斯　坦　不行了。得刷你的卡。

翠　茜　什么时候开始的？

斯　坦　霍华德。他说的。

翠　茜　斯坦！要这样吗？

斯　坦　不好意思。

翠　茜　我没有信用卡。

斯　坦　不好意思。太多人挂账了。霍华德逼得紧了。

翠　茜　斯坦！是我呀。

斯　坦　没办法。

翠　茜　（指着洁茜）她付钱了？

斯　坦　她付了。

翠　茜　她跟她的姐姐一块住呢，肯定半夜掏她钱包了。

　　　　翠茜把酒喝下去。然后翻着口袋。她在吧台上夸张地数着零钱。

斯　坦　不至于吧，真要这样？

翠　茜　你改的规则，不是我。

　　　　翠茜继续表演着数钱。

他妈的霍华德。老天爷,我只是想出门透口气。

斯　坦　行行行。你也太夸张了。今天我请了,不过你得记着。

翠　茜　我记着。我记着。天哪,我永远记着。谢谢你,我爱你。

斯　坦　你爱吗?

翠　茜　打住。

斯　坦　说说而已。如果你说的是真心话,可能可以过得容易一些。

翠　茜　我都不知道你是真的很暖,还是有一点渣。

斯　坦　你爱哪样就哪样。你懂我的心。

奥斯卡重新进来,有些怯懦地看着翠茜。

翠　茜　哼,我没那么缺爱。

（对奥斯卡）你看什么看?

奥斯卡　你是这样跟人打招呼的?

翠　茜　对,跟臭工贼,我就这么打招呼。王八蛋。

斯　坦　哎,行了。别吵了。

奥斯卡　你要不是个女人,我就扇你大嘴巴子。算你走运,我有教养。

翠　茜	斯　坦
哼,我没有教养。	哎,哎,哎。

翠茜冲向奥斯卡。斯坦拦住了她,把她挡在身后。奥斯卡笑了。

奥斯卡　你想怎么样?

斯　坦　奥斯卡！别说了。

翠　茜　等我儿子来，你看你还能不能/这样跟我说话。

奥斯卡　我对你没有成见。这不是个人恩怨。

翠　茜　你最好记住这就是个人恩怨……跟我的。

第六场
2000年11月3日

　　室外气温66华氏度（约19摄氏度）。新闻播报：距离美国总统大选还有四天，乔治·布什和阿尔·戈尔的民调数据不相上下；雷丁市市长提出增加所得税。

　　酒吧。克里斯和杰森冲进酒吧。血脉偾张。洁茜坐在桌子旁，面色苍白，但过足了酒瘾。

克里斯　他们最好别再撞上我！/因为——

杰　森　我准备好了！他们来什么我都不怕！

斯　坦　到底出什么事了？

杰　森　（提高声调）有人跟那些工贼打起来了。麦克马努斯被划伤了，侧脸得缝十针。

斯　坦　是吗？

杰　森　有人觉得我们不应该让那些人这么容易越线上工。

斯　坦　听起来不太妙啊。

克里斯　要出事,是吧?

斯　坦　我见识过。对你们不会有好处的。

杰森从他的口袋里掏出一小瓶威士忌,偷偷喝了一口。

克里斯　都一个鸟样,谁也不退让。那些上工的也不觉得自己是临时的了。

斯　坦　难办了。你们怎么打算?

杰　森　谁知道呢?有几个人——斯塔博、戈德斯基——说要接受方案。可我不知道该不该这样,感觉要是现在妥协,我们就白白浪费了大把时间。他们就会把我们彻底打垮,再也不能翻身了。我觉得我还可以再坚持三个月。万不得已,我就把车卖了。反正要我说,我觉得我们应该给那些家伙一点教训,你说呢?

斯　坦　嘻,你问我干吗?我不知道,你们还年轻,其实你们还有很多事情可以做。可能是时候放下了,这个地方已经不是以前的样子了。

杰　森　放下去哪儿?

斯　坦　哪儿都行。有时我想我们都忘了,"树挪死,人挪活"。老祖宗都知道这一点。你安稳太久,会被一些东西拖后腿,你不需要的东西。真的。然后你的生活就变成了收集这些破玩意儿。在情感上和身体上都是累赘。你得问问自己，你最宝贵的是什么，想想看？我认识你爸爸，他是个好人，但那地方让他英年早逝了。他是赚了不少，但开轧机也不简单——

克里斯 确实。

杰　森 嗯，如果真到那一步，我有个朋友在海湾那边的钻井平台工作，说春天能帮我想想法子。

斯　坦 是吗？我听说你一星期能挣差不多一千块呢。工作个半年，然后想干吗就干吗。

杰　森 对，只要拿到工会证，去就是了。

斯　坦 那不挺好的？如果是我，年轻个三十岁，我就已经去了。这破地方已经发霉发臭了。当年它是挺气派的。但怀旧是一种病，我可不会变成那种活在过去的人。你能有什么好处？

克里斯 我什么也不想了。我话都说累了。只想大醉一场，飞点叶子，享受享受生活。

杰　森 挺好的主意。

克里斯 那个……我看到我爸他——

斯　坦 他现在挺难的。

克里斯 这么说算是客气的了。我不会这样，我应该能撑过这个失业期，可能去干点体力活，日结工资的那种，然后明年九月上学。工会会给一些资助。

杰　森 我知道他们会说什么。去你妈的，去你妈的，还有——

>   杰森嬉皮笑脸地跳到克里斯的背上。

克里斯和杰森　去你妈的!

斯　　坦　好啦,好啦。再闹下去就有点怪怪的了。

克里斯　都有什么喝的?

斯　　坦　老样子! 哎,你为什么每次都要这么问我?

克里斯　总期待有惊喜呗。

斯　　坦　那你是来错城市了。

>   斯坦笑了。

>   你女朋友怎么样? 我没有看到她。

克里斯　黄了。

杰　森　她的嘴太小,他那话儿太大。

克里斯　闭嘴!

杰　森　她太——

克里斯　闭嘴!

杰　森　她——

克里斯　跟她在一起太累了。

斯　　坦　哦? 你们在一起多久了?

克里斯　还不到一年。她老是对我不满意。反正,我感觉不到了,那种维系两个人关系的东西,我没有感觉了。所以我想,这样对我俩都好。是吧?

斯　　坦　你做得对。

克里斯　我告诉我女朋友,接下来会有一点艰难。她就说:"这对我们来说意味着什么？"我一条一条分析了。情况有点严重。她说："好吧，情哥哥，你要再找一份工作。"我跟她说我正找着呢。可她还是那样，想要什么就非得马上满足不可。不肯为明天去打算。哎，没工作的人跟她在一起，太累了。我拿着工资，账上有钱，买得起好东西的时候，她开开心心，可我才问她借二十块钱给车加油，她就觉得我抢她钱。这什么情况啊？

斯　坦　我一直单身就是因为这种事。

克里斯　是时候了。你是对的，斯坦。我们得向前看。牢骚是永远也发不完的。这个不行、那个不行的。岁月不饶人。我每天早上都在纠察线上示威。我对着一群走投无路的饿鬼喊，"去你妈的"。我很有优越感，但大概只有五分钟，然后就又回到现实。他们进去上工了。这时我就想到了我老爸，谁愿意变成那样？

杰　森　哎，如果我是——

克里斯　嘿，闭嘴，兄弟！什么都别说，杰森，不然我肯定揍扁你。让我说完！好吗？我以前还担心，如果我不想在这个厂子干了，别人会怎么想。现在咱们已经被逼到为剩饭剩菜打破头了。斯坦说得对，征兆已经很明显了，我们还装作看不见。

杰　森　女人真的太花钱了。她们要的东西，现在来说太贵了。你得看牢你的钱包。

克里斯 嚄,你的听力理解是这个水平?

洁 茜 (突然)不是,你就是个卑鄙小人。

克里斯 快去戒毒所吧!

杰 森 可是,说真的——

> 翠茜从卫生间出来。

翠 茜 你们为什么从来不放卫生纸?

斯 坦 我们要为环境做一点点贡献。

翠 茜 嘿,杰森,请你妈喝一杯。

> 翠茜搂着杰森的肩膀,吻了他一下。

杰 森 啊?别了吧。那我就没得喝了。

翠 茜 可怜的孩子,你的奉献精神呢?

斯 坦 杰森,别小气。

克里斯 我请您,T夫人。

翠 茜 是你妈的钱吗?

克里斯 ……不是。

翠 茜 那就行。斯坦,倒酒!

> 洁茜醒来。

洁 茜 哎,趁着酒开着,给我也来一杯。

> 斯坦给洁茜和翠茜倒酒。

杰 森 哎哟,克里斯,你搞得我像个坏人。

克里斯 我没干什么呀。

翠　茜　诶，我有一个故事讲给你们听——

杰　森　呃，不要吧。

翠　茜　闭嘴，你们一定要听，你们知道罗尼·戈尔摩加吧，他呀，他被发现——

　　　　奥斯卡走了进来。翠茜看到他就不说话了。奥斯卡想撤退已经来不及了。

奥斯卡　嘿，斯坦。

斯　坦　奥斯卡。

奥斯卡　我来拿我剩下的东西。不过，要是现在不方便……要不……

　　　　杰森和克里斯死死瞪着奥斯卡。斯坦打破了紧张的气氛。

斯　坦　就在后面。你要我去拿吗？

奥斯卡　不用，我去好了。

洁　茜　（大喊）臭工贼！

　　　　奥斯卡到后面去了。杰森站起来。

斯　坦　不要！

杰　森　不要什么？

斯　坦　你知道的。坐下。

杰　森　混蛋西班牙佬。

斯　坦　哎，哎，算了。别在这儿闹。奥斯卡是个好人。让他拿他的东西，好吗？

杰　森　我才不管他呢。

翠　茜　真的。这王八蛋知道他在做什么。他是一屋子有十七个亲戚等着吃饭还是什么的,我才没兴趣听呢。我最烦他的那些悲情故事了。我在生产线上干了二十多年,他以为他可以就这么插一脚进来。

斯　坦　行了,算了。这个地方保持中立。

杰　森　她说得对。要是这个混蛋踩了我一脚,我还让他就这么走掉,我还算人吗?绝对不可能。

克里斯　小杰,坐下来,你跟他没仇。别在这儿闹。他只是——

杰　森　只是什么?

克里斯　只是混口饭吃。对吧?跟你我一样。

杰　森　不对,不一样的。咱们祖祖辈辈都在这里。我们!我,你,他,她!那小子有什么,你说?一张绿卡,就能让他有权利毁掉我们奋斗来的一切?

斯　坦　你们俩上外面转转吧。

克里斯　对,咱出去走走。

克里斯想把杰森拉出来。杰森挣脱开来。

杰　森　你们说的什么话?问题出在我身上?我他妈要坐下?休想。

克里斯　算了吧。让他见鬼去。现在不是时候。不值得为这混蛋动气。算了吧?

翠　茜　你看到他看着你们的样子了吗?他把你们的饭碗都抢

走了，你们的牛排土豆、你们的甜点都归他了。

洁　茜　真美味！

洁茵大笑。

斯　坦　给我闭嘴！

翠　茜　我不闭！

洁　茜　让他听听！

斯　坦　（对杰森）听克里斯的，这不值得。你惹这麻烦干吗？

杰　森　我只是想让他改改毛病。简单聊两句。

斯　坦　别惹事。

杰　森　我惹事？我干了什么？一小时拿十一美元？对不起，不可以。再不反抗，他们就会把我们全收拾了。"不是真汉子，不开轧钢机！"可现在他们知道，他们随时可以找到愿意出汗干活儿的人。他们没错，随时都能有人来插一脚，除非我们说"不"！

斯　坦　听我说，奥尔斯泰是个混蛋。如果他在这里，我不会拦着你。事实上，我会按住他，让你好好揍他一顿，但奥斯卡……他不一样。他会走出去，你呢，你要闭上你的嘴，否则我——

杰　森　什么？！我只是要说他得清楚自己吃这碗饭的代价是什么。

斯　坦　（大喊）你他妈想让他怎么办？你说说看？这不是他的错。去跟奥尔斯泰说，跟他那些狗腿子说。跟他妈的华尔街说。你受苦，奥斯卡也没占着便宜。

克里斯 杰森，他说得对。他是拿命换的，我们都是拿命换的。

杰　森 克里斯，你有毛病吧？他和咱们不一样。不然他也应该参加罢工。只有我一个人看得清这一点吗？

翠　茜 不，你没错。是他坏了规矩，不是我们！

斯　坦 不要听她的。她喝醉了。

翠　茜 那又怎么样？事实又不会变。

洁　茜 /就是这样。

斯　坦 你们要么坐下来，要么走人。我是认真的。反正，不准你们在这里惹事。不准跟奥斯卡过不去！

杰　森 哦，我知道这是怎么回事了。

斯坦拿出球棒砸在吧台上。

斯　坦 坐下！

杰森胆怯了，不情愿地坐下。

克里斯 哎，咱们喝得差不多了。开车去看看吉布尼最近怎么样。

杰　森 （无精打采）哦，行吧。

克里斯 打两轮牌。赢他点钱。灌他两杯他就迷糊了，钱包就管不住了。

杰　森 （微笑）对。

克里斯 去费城夜店嗨一把。

杰　森 可以。

克里斯 OK？

杰　森　OK。我没事了。我只是,就是——

克里斯　好啦。

杰　森　算了。我没事了。

翠　茜　(对杰森)问题就在这里。我们总是让事情就这么算了。有人要干我们,我们还把屁股撅起来。我们就要完蛋了。克里斯,他们强奸了你爸爸,还有杰森,如果你爸爸在这里,我会告诉你,他会怎么做,他会……

　　　　杰森握起拳头。

斯　坦　(对翠茜)闭嘴!

杰　森　喂,说话注意点。不许你这么跟我妈说话。

　　　　奥斯卡背着一个背包,再走进来。

斯　坦　保重。

奥斯卡　谢谢你做的一切。

斯　坦　转告你妈,谢谢她做的玉米饼。

奥斯卡　玉米卷饼。我会的。

斯　坦　跟我别见外。

　　　　他们握手。奥斯卡向门口走去。

翠　茜　嘿,杰森,他要去把你的钱领走了。

斯　坦　操。

　　　　奥斯卡还没走到门口,杰森跳出来,挡住了他的去路。

　　　　他们面对面站着,眼睛死盯着对方,互不相让。

奥斯卡 借过。

>杰森不动。

奥斯卡 我说，借过。

>杰森还是没有动。奥斯卡绕着他走，杰森又挡住了他的路。

斯　坦 让他过去，杰森。

>杰森挑衅奥斯卡。

奥斯卡 我跟你没有过节。

杰　森 说这话太晚了。

>克里斯站起来。

克里斯 哎，小杰，咱们走吧，成吗？

>斯坦从吧台后面走了出来。

杰　森 我做不到。不知道为什么，反正我不能就这么让他走了。

斯　坦 你做得到！这里没有人会看不起你。

奥斯卡 让开！

杰　森 不然呢？

>对峙。杰森推了奥斯卡一把。
>
>斯坦介入，抓住杰森的胳膊。杰森猛地推开他。斯坦失去平衡，跌倒在地。
>
>奥斯卡去扶斯坦，但杰森先抓住了他。

洁　茜 我靠！

紧接着是一场乒乓作响的混战，波及整个酒吧。奥斯卡奋力抵抗杰森。奥斯卡挣脱了，跑向门口。

奥斯卡 操你妈的！

杰森拽住奥斯卡。他们撕打成一团。

翠茜抓起杯子要扔，克里斯拉住她。然后杰森又拽住了奥斯卡。打斗继续。克里斯想把两人分开。奥斯卡用头撞克里斯，把他的鼻子撞出了血。

奥斯卡 混蛋！

洁　茜 别让他跑了！

克里斯的怒火被点燃了。他锁住奥斯卡的脖子，在他的腹部打了几拳。奥斯卡跪倒在地。

克里斯 去你妈的混蛋！

克里斯踢了他的肋骨。奥斯卡痛苦地打滚。杰森从吧台拿起球棒。

杰　森 抓住他！

克里斯抓住奥斯卡，把他拽了起来。翠茜看着这场战斗，她的脸因愤怒而扭曲。

斯　坦 放开他！

斯坦努力站起来，但已经太晚了。杰森用球棒击中了奥斯卡的腹部。奥斯卡倒在地上。杰森又打了他一下。当杰森再次挥棒时，斯坦试图阻止，但球棒狠狠地砸在他的头上。斯坦倒下，头撞在吧台上，鲜血四溅。他倒在地上。洁茜不由惊呼。杰森,然后是克里斯,意识到了他们所做之事的严重性,扭身逃走。

翠　茜　斯坦?!

转　场

我们可能看到布什总统准备向美国人民发表"一个严峻的警告"。他将提出,除非国会批准对华尔街进行七千亿美元的救助,并且要在短短几天内通过,否则整个美国经济和亿万美国人将面临严重后果。

第七场
2008年10月15日

八年后。室外气温77华氏度(25摄氏度)。新闻播报:巴格达和华盛顿达成最终协议,要求美军2011年前从伊拉克撤军;美股暴跌733点,创史上第二大跌幅;约翰·麦凯恩和巴拉克·奥巴马在纽约州亨普斯特德的霍夫斯特拉大学举行最后一场电视辩论;联邦检察官将涉案数百万美元的贩毒团伙定罪,该团伙把雷丁的几栋房子改造成室内大麻种植基地。

埃文站在克里斯身前,后者刚描述完他与杰森的再会。

埃　文　这是个小地方。你们两个迟早会碰上的。我希望这不会造成什么麻烦。

克里斯　我有好长一段时间在生杰森的气，但当时站在那里，我都搞不清自己的感觉。

埃　文　没关系，这种事情不容易。我以前也接手过一个在道上混的，顽固得要命。他出来以后，一点一点地改造自己，最后脱胎换骨。他发现宽恕才是最容易的选择。

克里斯　这些我都不懂。妈的，我记得我在吧台前坐下来的时候，我就知道我不想喝斯坦经常给的那种没汽的啤酒。我知道我当晚要开车去费城，和一些朋友一起去夜店。第二天，我本来计划去奥尔布赖特学院。我感觉自由了，就像我第一次有了轧钢机和宿醉之外的选择。我本来可以走掉的，那今天我/就已经——

埃　文　别想了。

克里斯　我很讨厌人们现在看我的眼神。我觉得他们能看出我干过什么。我祈祷过。我祈求宽恕。但每天早上我都会带着同样的恐慌醒过来。我梦见一扇关着的门，我鼓起勇气打开它，又是一扇关着的门。

埃文转身，开始和杰森说话。

埃　文　你们两个可能得坐下来谈谈？

杰　森　……嗯，我知道。我在考虑。

杰森笑了。

埃　文　新变化。嗯,我知道你在逃避什么,而且呢,我不怪你,不过——

杰　森　我已经很久没有想起那天在酒吧的事了。可现在我没办法摆脱它。走在这个城市的每一个地方,都会让我想起那天的情景。就好像整个世界都跟那家酒吧一样,在那天被我彻底改变了。

埃　文　我接到电话说你在收容所打架了。真的吗?你这些天睡在哪里?

杰　森　我妈的屋子太压抑了。而且,我一个朋友给了我一个帐篷和睡袋,所以我就和其他几个人住在树林里了。没什么。

埃　文　我要填一个地址。

杰　森　我不用花钱。不用在收容所每晚打仗似的抢床铺。没有人赶我。

埃　文　天很快就会变凉了。

杰　森　哦,到时候再说吧。我撞见克里斯之后,我就没法集中注意力了。我还在试着弄清整件事情,你懂吗?当时是怎么回事?我只记得当时的愤怒。盲目的愤怒。我怎么也摆脱不了。这感觉就好像我一直穿着件羊毛外套。有人看我不顺眼,我就想扇他,我也不知道为什么。

埃　文　兄弟，我的话可能不中听，但我还是要说。是羞耻感。

杰　森　什么？

埃　文　你这种情况的人我见得够多了，我知道这样下去会……把你毁了的。

　　　　我不是心理治疗师，我说的这些东西也不是权威。但我知道的是，这种情绪不是积极的。大多数人认为是内疚或愤怒最后毁了我们。可我的经验告诉我，是羞耻感在一点点吞噬我们。你会把时间都耗在这里面。听着，咱们聊了很多，也可以一直聊下去，但是，"你打算怎么面对现在？"你听到了吗？

　　　　灯转；我们又回到克里斯这边。

杰　森　是。

克里斯　是，我听到了。

第八场

2008年10月18日

室外气温58华氏度（约14摄氏度）。新闻播报：因为美国建筑业、园林业和餐饮业的工作机会已经枯竭，成千上万的拉美移民正在回国；宾夕法尼亚州的共和党起诉社区活动团体"即时社区改革组织"（ACORN），指控该组织伪造选民登记信息；费城费城人队准备在2008年美国职业棒球大联盟世界大赛中迎战坦帕湾光芒队。

　　酒吧已经焕然一新。年纪较大、显得更加成熟的奥斯卡，站在吧台后面。克里斯进来，犹豫着坐到桌前。停顿了一会儿。奥斯卡考虑着是否要开口说话。

奥斯卡　你要打开看球赛吗？

克里斯　不用。你还好？

奥斯卡　嗯，听说你们出来了。

　　　　　停顿了一会儿。

克里斯　奥斯卡，我——

奥斯卡　没想到你还知道我的名字。

克里斯　我——

奥斯卡　喝什么？

克里斯　……你有什么喝的？

奥斯卡　有这个手工酿的酒。本地的一个人做的。

克里斯　你开玩笑吧。

奥斯卡　没有。还不错的。

克里斯　呃，那行。

　　　　　奥斯卡倒了一杯啤酒。

克里斯　这个地方看起来不错。

奥斯卡　顾客不一样了。工厂关了以后，都是大学生过来。我就尽力跟上形势吧，你懂的——

克里斯　哦。那个，霍华德怎么样了？

奥斯卡　退休了，搬去凤凰城了。我现在是经理。

克里斯　真的？

奥斯卡　嗯，周末在这儿当酒保。

克里斯　那挺不错的。

奥斯卡　谢谢。

克里斯　我……

奥斯卡　哎，你想说什么都——

克里斯　听我说……

杰森进来了。奥斯卡很惊讶，变得有点紧张。

奥斯卡　哇，这是干吗？

杰森停下脚步，惊慌失措，然后转身离开。

克里斯　杰森！

奥斯卡　我可不想——

杰　森　啊，我没有——

克里斯　别走。我没想到你会来。我们可以——

停顿了一会儿。杰森正考虑要不要离开，这时严重残疾的斯坦进来了。是脑外伤后遗症。他行动极其困难，让人看着心里难受。终于——

克里斯　嗨，斯坦。斯坦。

斯坦并没有注意到他们的存在。

奥斯卡　他耳朵不行了。

克里斯　我的天。

　　　　斯坦擦着桌子。他们看着他。斯坦失手把布掉在地上。他艰难地想去捡起来,杰森冲上去把它捡起来。

斯　坦　(含糊不清地)谢谢……你。

杰　森　辛苦你照顾他了。

奥斯卡　应该的。

　　　　他们的眼神中含着歉意,但克里斯和杰森一时都说不出话来。四个男人,手足无措,在残破的相会中等待下一刻的到来。

　　　　灯光灭。

全剧终